ज्ञानदान

ज्ञानदान

यशपाल

विप्लव कार्यालय, लखनऊ
की ओर से

लोकभारती प्रकाशन

विप्लव कार्यालय, लखनऊ
की ओर से

लोकभारती प्रकाशन
पहली मंजिल, दरबारी बिल्डिंग, महात्मा गांधी मार्ग
प्रयागराज-211 001

वेबसाइट : www.lokbhartiprakashan.com
ईमेल : info@lokbhartiprakashan.com

शाखाएँ : 1-बी, नेताजी सुभाष मार्ग, दरियागंज
नई दिल्ली-110 002
अशोक राजपथ, साइंस कॉलेज के सामने
पटना-800 006
1, अनमोल सोराबजी संतुक लेन, धोबी तलाव,
मरीन लाइंस, मुम्बई-400 002

पहला संस्करण : 1944
वर्तमान संस्करण : 2024

बी.के. ऑफसेट
नवीन शाहदरा, दिल्ली-110 032
द्वारा मुद्रित

GYANDAN
by Yashpal

ISBN : 978-81-8031-462-9

मूल्य : ₹ 595

समर्पण

पृथ्वी की आर्द्रता वाष्प बनकर
आकाश में जाती है।
वहीं मेघ के रूप में बरस कर
पृथ्वी को तृप्ति देती है।
उसी प्रकार—
तुमसे प्राप्त प्रेरणा के मेघों से बसी
यह कल्पनाएँ तुम्हीं को अर्पित हैं।

—यशपाल

भूमिका

हम एक माप निश्चित करके सब वस्तुओं की नाप लेते हैं। नाप ही हमारी धारणा में वस्तुओं के परिचय और स्थिति का आधार होता है परन्तु यह माप है क्या; माप का अपना अस्तित्व क्या है? एक गज या एक सेर हमारे अनुमान और धारणा में निश्चित सीमा के अतिरिक्त कुछ भी नहीं। उनका परिमाण और आयतन जितना है, उसके कम या अधिक भी हो सकता था। तब भी माप के रूप में भिन्न परिमाण में गज या सेर वस्तुओं की स्थिति उसी प्रकार निश्चित करते, जैसे वे अब करते हैं। अन्य वस्तुओं के अस्तित्व की एक धारणा निश्चित करने के लिये उपयोगी होकर भी माप (गज, सेर, गेलन या पाउण्ड) का अपना कोई स्वतः पार्थिव अस्तित्व नहीं है। यह केवल मान्यताएँ ही हैं।

यही हमारे ज्ञान के सम्बन्ध में है। संसार भर के उचित-अनुचित को निश्चय करने वाली माप या कसौटी हमारा ज्ञान है परन्तु हमारा यह ज्ञान स्वयं कितनी अनिश्चित वस्तु है! और उस अनिश्चित ज्ञान के साधन से निश्चित किया गया मनुष्य और उसके समाज द्वारा उचित और अनुचित का यह विराट आयोजन भी कितना अनिश्चित है।

मनुष्य-समाज ने अपने जीवनकाल में एक तत्व पहचाना है कि सदा निश्चित और स्थिर कुछ भी नहीं है। ज्ञान भी अनिश्चित और परिवर्तनशील है। उसकी कोई सीमा नहीं है। आगे बढ़ सकने में ही ज्ञान की सार्थकता और हेतु है। ज्ञान आगे बढ़ कर विकास का परिवर्तन स्वीकार करे और जीवन के क्षेत्र को व्यापक बनाये, यह ही ज्ञान की सफलता है परन्तु मनुष्य के और उसके समाज के ज्ञान से उत्पन्न उसके विश्वास और धारणाएँ ही उसके ज्ञान पर सीमाएँ और बन्धन लगा देती हैं।

ज्ञान का स्रोत है, जिज्ञासा—यानी 'क्यों?' अपने अभ्यस्त विश्वासों और धारणाओं के मोह में मनुष्य ज्ञान के आगे बढ़ने से भयभीत होने लगता है। वह 'क्यों' को ही अनुचित बताने लगता है। मनुष्य अपने जीवन के स्रोत, ज्ञान की धारा का अवरोध करने के लिए, उस पर विश्वास और धारणा के वजनी पत्थर रख देना चाहता है।

मानव-समाज के जीवन स्रोत और आधार का अवरोध मानव की आत्म-हत्या नहीं तो क्या है? मनुष्य आत्म-हत्या द्वारा जीवित रहने का प्रयत्न करना चाहे तो मूर्खता ही है। धारणा को न बदलने के लिये वह अपनी जान देने और दूसरों की जान लेने की वीरता का अभिमान करता है। अपने वर्तमान स्वार्थ की रक्षा के लिए जानने और परिवर्तन के प्रयत्न को वह पाप और अनाचार बताकर, जीवन के विकास की प्रगति और सम्भावना का मार्ग बन्द कर देना चाहता है। 'क्यों' की यह कुंजी जो जीवन की अनेक मंजिलों पर लगे बन्द द्वारों को खोल कर जीवन के लिए व्यापक क्षेत्र प्रस्तुत करती है, उसे अप्रिय, भयानक और घृणित जान पड़ने लगती है परन्तु मनुष्य को यदि जीवित रहना है तो जीवन की व्यापकता का मार्ग बन्द करने वाले विश्वासों और धारणाओं के तालों को 'क्यों' की कुंजी से खोलते रहना आवश्यक है। इसी में उसका कल्याण है, मनुष्यत्व की सार्थकता है।

पाठकों के सहयोग से ही इन कठिन परिस्थितियों में भी यह अपनी आठवीं पुस्तक प्रकाशित करना मेरे लिये सम्भव हो सका। जीवन के दूसरे क्षेत्रों की ही भाँति साहित्य के क्षेत्र में भी अपनी पत्नी प्रकाशवती पाल का पूर्ण सहयोग मेरा सबसे बड़ा सहायक है। उन्हें धन्यवाद!

मार्च, १९४४

—यशपाल

अनुक्रम

ज्ञानदान

महर्षि दीर्घलोम प्रकृति से ही विरक्त थे। गृहस्थ-आश्रम में वे केवल थोड़े ही समय के लिए रह पाये थे। उस समय ऋषि-पत्नी ने एक कन्यारत्न प्रसव किया था। महर्षि भ्रम और मोह के बन्धनों को ज्ञान की अग्नि में भस्म कर, वैराग्य साधना द्वारा मुक्ति पाने के लिए नर्मदा तीर पर एक आश्रम में आ बसे थे। ऋषि-पत्नी भी पुत्री के साथ एक पर्णकुटी में उन्हीं के समीप रहती थीं। वे भी ऋषि-पति की सेवा-भक्ति कर, उनके ज्ञान के प्रकाश में, जीवन के दुरूह दुःख—मायामय भँवर से मुक्ति पाने की आशा करती थीं।

महर्षि ने अपनी कन्या की आत्मा को पहले गृहस्थ के माया-बन्धन के कीचड़ में फँसने देकर, फिर तपश्चर्या द्वारा मुक्ति की साधना का मार्ग दिखाने की अपेक्षा उसे आरम्भ से ही तप और त्याग द्वारा मुक्ति के मार्ग की दीक्षा दी थी। वन्य लता-द्रुमों और तपोवन के पशु-पक्षियों की संगति में पली ब्रह्मचारिणी सिद्धि का शारीरिक और मानसिक वासना से कोई परिचय न था। आश्रम के नियमों के अनुसार आत्मा मुख्य और शरीर गौण था। ब्रह्मचारिणी सिद्धि अपने शारीरिक विकास से उन्मुख रहकर आत्मा को पहचानने में ही तत्पर रहती थी।

सिद्धि पूर्ण ब्रह्मचर्य का पालन करते हुए छब्बीस वर्ष की आयु को प्राप्त हुई। उसके सिर के लम्बे केशों ने अलंकार और प्रसाधन के साधनों का स्पर्श कभी न किया था। उसके उपेक्षा से पीठ पर फेंके हुए दीर्घ केशों के शृंगार नर्मदा नदी के जल में स्नान करते समय उलझ जाने वाले अबरक के कण और काई ही थे। उसके मस्तक पर प्रातः स्नान का चिह्न, नदी-पुलिन के त्रिपुण्ड्र की खौर रेखा विद्यमान रहती थी। शरीर का बोझ बनते हुए उच्छृंखल उरोज केले की छाल में पीठ पीछे बँधे रहते थे। कमर से नीचे का भाग मृगचर्म से ढका था। वह ऋषि उपदेश के अनुसार शारीरिक आवश्यकताओं को आत्मा का शत्रु समझ उनका सदा दमन करती थी। प्राणायाम और समाधि द्वारा मन और इच्छाओं का निग्रह करना उसके लिए सुख था। वह क्षणिक सुखों की अनुभूति की इच्छा को पाप समझ कर सदा चिरन्तन सुख की ही कल्पना करती थी। वह सुख था, सुख की इच्छा का न होना। वह ब्रह्मचारिणी थी; संयम ही उसका जीवन था।

नर्मदा तट पर महर्षि दीर्घलोम का आश्रम पर्वतों की गुफाओं से घिरी वनस्थली में था। गोदावरी, गंगा, यमुना और हिमालय तक के तपोवनों में महर्षि दीर्घलोम के अनासक्ति-योग की चर्चा थी। उनके यहाँ कर्मकाण्ड का महत्त्व केवल वैराग्य साधना के लिए ही था। उनका उपदेश था—कर्मों और संस्कारों के बन्धनों में फँसी मनुष्य की आत्मा माया के आकर्षण से निर्बल होकर जीवन और मृत्यु के बन्धनों में दुख पाती है। दुख से मुक्ति और शाश्वत आनन्द की प्राप्ति का मार्ग कर्म और संस्कार के बन्धनों से आत्मा को मुक्त करना है। मनुष्य जीवन का उद्देश्य आनन्द की प्राप्ति है। चिर आनन्द मुक्ति है।

महर्षि दीर्घलोम अनासक्ति के मार्ग में विश्वास करते थे। उनका उपदेश था—संग से मोह उत्पन्न होता है, मोह से काम, काम से क्रोध और क्रोध से बुद्धि विभ्रम। बुद्धि विभ्रम सर्वनाश है। महर्षि परम ज्ञानी और वेदोद्गाता थे। अमरत्व का ज्ञान प्राप्त करने के लिए जिज्ञासु ब्रह्मचारियों का दल उनके चारों ओर बना रहता था। दूर-दूर से राजा और ऋषि अनासक्ति-योग का उपदेश लेने वहाँ आते थे। चातुर्मास आने पर अनेक परिव्राजक संन्यासी भी आश्रम में आ टिकते थे।

चातुर्मास आरम्भ होने पर आश्रम में निवास करने के लिए आये परिव्राजक तपस्वियों में ब्रह्मचारी नीड़क भी आये थे। ब्रह्मचारी नीड़क को यौवन से पूर्व ही ज्ञान लाभ हो गया था। उन्होंने सांसारिक मोहजाल में न फँस कर ब्रह्मचर्य से ही वैराग्य का मार्ग ग्रहण कर लिया था। आयु अधिक न होने पर भी उनका ज्ञान और योग परिपक्व था। उन्होंने विषयों की निस्सारता के तत्त्व को ज्ञान-चक्षु द्वारा पहचान कर परमसत्य ब्रह्म का सान्निध्य प्राप्त कर लिया था। अनासक्ति और समाधि द्वारा उनका मर्त्यलोक और ब्रह्मलोक में समान अधिकार था। वे एक ही समाधि में दस और पन्द्रह दिन तक बैठे रहते थे। एक समय समाधि अवस्था में, उनकी जटा में एक गौरैया ने नीड़ (घोंसला) बना लिया था। तब से उनका नाम नीड़क पड़ गया था। उनकी समाधि की शक्ति की महिमा दशों दिशाओं में फैल गयी थी।

महर्षि दीर्घलोम ने ब्रह्मचारी नीड़क की अभ्यर्थना की और उनसे प्रार्थना की कि वे अपने अलौकिक ज्ञान की शक्ति से उन लोगों का अज्ञान दूर करें जो ज्ञानयोग के नाम पर तर्क का आश्रय लेकर, बुद्धि की लम्पटता द्वारा अपनी वासना को तृप्त करने की चेष्टा करते हैं।

यज्ञ-कुण्ड में सुलगती हुई पवित्र समिधाओं, घृत और सुगंधित मूलों के पुनीत धूम से आश्रम का वातावरण सुवासित हो रहा था। उस सुगन्ध को वनप्रान्त से आयी बनैली मालती और पाटल के फूलों की सुगन्ध की लहरें अधिक रुचिर बना रही थीं। आश्रम के विशाल वट वृक्ष के नीचे ऋषि-वृन्द ब्रह्मचारी नीड़क का प्रवचन सुनने के लिए एकत्र थे। कुछ वृद्ध तपस्विनियाँ और ऋषि-पुत्री सिद्धि भी बांयीं ओर बैठी थीं।

ऋषियों की अभ्यर्थना में फैले हुए बलि के चरु का भोजन पाकर आश्रम निवासी मृग तृप्ति से किलोल कर रहे थे। वृक्षों की टहनियों पर बैठे पक्षी अपने पंखों को चोंच से सहला-सहला कर कलरव कर रहे थे। ज्ञानधनी ऋषि लोग इन सब सांसारिकताओं से विरक्त ब्रह्मचारी नीड़क द्वारा चिरन्तन, अविनाशी सुख की प्राप्ति पर प्रवचन सुन रहे थे।

ब्रह्मचारी नीड़क का मुखमण्डल जटाजूट और श्मश्रु (दाढ़ी-मूँछ) से ढँका था। उनके मस्तक पर नर्मदा के पुलिन का खौरा त्रिपुण्ड

शोभायमान था। उनके नेत्रों से ज्ञान की उग्र ज्योति निकल रही थी। उनमें आत्म-विश्वास का तेज था। उनके लोमपूर्ण विशाल वक्षस्थल से क्षीण कटि पर मूँज का यज्ञोपवीत लटक रहा था। तपस्या से क्षीण उनके उदर पर त्रिवली पड़ रही थी। कटि से नीचे शरीर मूँज के वस्त्र से ढँका था। वे पद्मासन की मुद्रा में बैठ चार घड़ी तक प्रवचन करते रहे।

ब्रह्मचारी नीड़क ने कहा—''तर्क बुद्धि का विकार है। बुद्धि संस्कारों से आवेष्टित है। मनुष्य की इच्छा और वासना ही उसके तर्क का मार्ग निश्चित करती हैं, इसलिए तर्क प्रायः प्रत्यक्ष या अप्रत्यक्ष रूप से वासना के मार्ग का प्रतिपादन करने लगता है।''

ब्रह्मचारी कहते गये—''ब्रह्मज्ञान अनुभूति द्वारा ही प्राप्त होता है। अनुभूति ही प्रधान है। तर्क भी अनुभूति पर आश्रित है। सृष्टि की कारणभूत शक्ति, मायामय प्रकृति और मनुष्य की अनुभूति यह सब एक हैं। जिस प्रकार वायु के स्पर्श से जल की सतह पर उठने वाले बुलबुले का अस्तित्व सारहीन है, वह क्षणभंगुर है, वह वास्तव में महान् जलराशि का अंश मात्र है; उसी प्रकार मनुष्य का जीवन संस्कारों की वायु के स्पर्श से ब्रह्म के अपार सागर में उठ जाने वाला बुलबुला मात्र है। जीवन का यह बुलबुला सत्य नहीं हो सकता। सत्य और अमर शाश्वत ब्रह्म ही है। संस्कारों का आधार मनुष्य की वासना है। यह वासना संस्काररूपी वायु से जीवन का बुलबुला खड़ा कर देती है। यह बुलबुला ही अहम् का भाव और दुःख का कारण है।

''आत्मा ब्रह्म का अंश है, शरीर ब्रह्म की क्रीड़ा-प्रकृति का अंश है। इनके संयोग का अस्तित्व अस्थिर है। हमारे दुःख और सुख की अनुभूति केवल भ्रम है। संस्कारों की वायु से उत्पन्न बुलबुले का जल में मिल जाना ही आत्मा का ब्रह्म में मिल जाना है। यही चिरसुख है, परमपद है। क्षणिक सुख जब नष्ट होते हैं तब दुःख की अनुभूति होती है। वास्तविक सुख, क्षणिक सुख को छोड़ कर, चिरसुख जीवन-मुक्ति की साधना में ही है। चिरसुख इच्छाओं को जीतने में है, जिसका मार्ग समाधि है। समाधि शरीर के व्यवधान को पार कर आत्मा से परमात्मा के संयोग का साधन है। शरीर आत्मा का कारागार है। शरीर का मोह करना इस कारागार को दृढ़ बनाना है। भ्रम में फँसाने वाली शरीर की पुकार की चिन्ता ज्ञानी

व्यक्ति को नहीं करनी चाहिए। शरीर की चिन्ताओं से मुक्ति पाना ही परम मुक्ति का मार्ग है।''

ब्रह्मचारी नीड़क की दृष्टि अपने शब्दों का प्रभाव देखने के लिए श्रोतावृन्द के चेहरों पर घूम जाती थी। कुछ तपस्वी नेत्र मूँदे समाधिस्थ होकर इस ज्ञान को मनस्थ कर रहे थे। कुछ की दृष्टि जिज्ञासु भाव से वक्ता के मुख की ओर लगी हुई थी।

ब्रह्मचारी नीड़क ने अपनी बायीं ओर देखा। उस ओर आश्रम की तपस्विनियाँ बैठी हुई थीं। यौवन ने उनके शरीर को व्यय करके छोड़ दिया था। जीवन में सुख की कोई आशा शेष न रहने पर उनके उत्सुक नेत्र, जर्जर शरीर की गुफाओं से, ब्रह्मचारी के सुख की सान्त्वना देने वाले शब्दों को निगलने का यत्न कर रहे थे। उनकी रीढ़ें झुक गयी थीं। बकरे के गले से लटकने वाले थनों की भाँति निष्प्रयोजन हो गये उनके स्तन, उनके पालथी मारे घुटनों को छू रहे थे। उनके शरीर चूस कर फेंके हुए आम के छिलकों के समान जीवन की निस्सारता की याद दिला रहे थे।

वृद्ध तपस्विनियों के बीच में बैठी हुई थी ब्रह्मचारिणी सिद्धि। उसके सुरक्षित यौवन का रूप तप की अग्नि में तप कर और भी अधिक प्रखर हो रहा था। वह बिखरी हुई खाद के बीच में उग आये सूर्यमुखी के फूल के समान जान पड़ती थी। उसके सिर पर जटा का जूड़ा बँधा हुआ था। उसकी लम्बी पलकें मुँदी हुई थीं। कठोर जीवन के कारण त्वचा पर फैली शुष्कता को भेद कर यौवन का स्निग्ध लावण्य फूटा पड़ता था। उसके वक्षस्थल का उभार कदली की छाल में समेट कर मूँज की रस्सी से पीठ पीछे बँधा था। ब्रह्मचारिणी मेरुदण्ड को बिल्कुल सीधा कर समाधि के आसन में बैठी थी। उसके सुगोल बाहु प्रातः स्नान के चिह्न लिये पद्मासन की मुद्रा में रखे थे। उसके निश्चल शरीर से जीवन की स्फूर्ति की किरणें फूट रही थीं।

ब्रह्मचारी नीड़क पर ब्रह्मचारिणी सिद्धि की उपस्थिति का प्रभाव पड़े बिना न रह सका। उन्होंने अपने प्रवचन में कहा—''वैराग्य और समाधि के लिए उपयुक्त समय यौवन ही है!'' ···परन्तु वे थम गये और कुछ सोच कर बोले, ''जीवन में जिस समय भी मनुष्य आसक्ति को भ्रम समझ पाये और निवृत्ति से परम सुख का बोध उसे हो जाय, वैराग्य साधना के लिए वृद्धावस्था की प्रतीक्षा करना परम सुख की उपेक्षा करना है।''

ब्रह्मचारी ने व्याख्या की—"वृद्धावस्था में इन्द्रियाँ निस्तेज होकर सांसारिक सुख के स्थूल साधनों को भोगने में भी असमर्थ हो जाती हैं; ऐसी निर्बल इन्द्रियाँ वायु से भी सूक्ष्म आत्मा को और जल के प्रवाह से भी अधिक प्रबल मनोविकारों के वेग को किस प्रकार रोक सकेंगी? वे परम सुख के अत्यन्त सूक्ष्म साधन ज्ञान को किस प्रकार प्राप्त कर सकेंगी?" ब्रह्मचारी का अभिप्राय वृद्धा तपस्विनियों के जराजीर्ण, फल्गुमात्र, अरुचिकर शरीरों से था। उन्होंने कहा, "वृद्धावस्था का वैराग्य वासना से इन्द्रियों की पराजय है।" यौवन का आत्म-विश्वास ब्रह्मचारी के विशाल वक्षस्थल में उमंग लेने लगा। उन्होंने कहा, "जिस समय शरीर के ओज और स्पन्दन की शक्ति से स्फूर्ति का प्रकाश फैलता है, वही समय वासना से युद्ध करने और ज्ञान उपार्जन तथा कठोर साधना का है।" उनकी दृष्टि सबल श्वास की गति से स्पन्दित, ब्रह्मचारिणी के वक्षस्थल की ओर चली गयी।

मध्याह्न प्रवचन समाप्त होने पर ऋषि लोग कन्दमूल का आहार करने के लिए चले गये। ब्रह्मचारी नीड़क अपने विचारों में उलझे हुए नर्मदा तट पर जाकर नदी की लहरों का प्रहार सहते एक विशाल शिला-खण्ड पर बैठ गये। क्षुधा की अनुभूति ने उन्हें चेतावनी दी, यह समय कन्दमूल के सेवन का है। उन्होंने शरीर की उस पुकार की चिन्ता न की। शरीर का कठोर दमन, उसकी पुकार की उपेक्षा ही तपस्या है। इस तप का अत्यन्त सजीव उदाहरण ब्रह्मचारिणी सिद्धि के रूप में उनके सम्मुख था परन्तु युवती के ध्यान को वे मन में आने देना उचित न समझते थे।

ब्रह्मचारी जल के प्रवाह पर दृष्टि लगाये विचार में मग्न थे। वे स्वच्छ जल में किल्लोल करती मछलियों को देखते हुए, दुखों की मूल वासना से मुक्ति पाने का उपाय सोचने लगे परन्तु विचारों के क्रम में ब्रह्मचारिणी सिद्धि का समाधिस्थ रूप दिखाई पड़ जाता; सीधे मेरुदण्ड, उन्नत मस्तक, नासिका, चिबुक, उरोजों की सन्धि और त्रिवलियों में छिपी नाभि सब एक सीधी रेखा में। ···मृगचर्म से आवृत शरीर के अधोभाग के सम्मुख पद्मासन में एक-दूसरे पर रखी हुई पिण्डलियाँ और हथेलियाँ।

ब्रह्मचारी ने इससे पूर्व भी नारी को देखा था। उन्होंने अनेक बार पलित अंग तपस्विनियों और शरीर को वस्त्रों में लपेटकर राजमार्ग पर

चलती हुई पाप और मोह में लिप्त आत्मा—नगर की स्त्रियों को देखा था। उनकी ओर दृष्टिपात करने की इच्छा भी ब्रह्मचारी नीड़क के मन में न हुई थी परन्तु ब्रह्मचारिणी सिद्धि का समाधिस्थ रूप बार-बार उनकी कल्पना में आ खड़ा होता था। उन्हें याद आ जाता—ब्रह्मचारिणी नेत्र मूँदे थी परन्तु अनेक श्रोता-ब्रह्मचारी, ऋषि और तपस्विनियाँ एकटक उसकी ओर देख रही थीं—सिद्धि नेत्र क्यों मूंदे थी? ब्रह्मचारी के मन में प्रश्न उठने लगा।

ब्रह्मचारी ने स्वयं अपने प्रश्न का उत्तर दिया—प्रवचन को ध्यानपूर्वक सुनने के लिये। उसी क्षण विचार आया—सम्भवतः इसलिए कि वह उन्हें देखना नहीं चाहती थी परन्तु वह देखना क्यों नहीं चाहती थी? सिद्धि को उनसे क्या भय हो सकता था?

ब्रह्मचारी ने स्वयं ही उत्तर दिया—समाधि के लिए वे भी तो नेत्र मूँद लेते हैं। उस समय किस वस्तु से भय होता है? उत्तर मिला—संसार के दुःखों से मुक्ति पाने के लिए ही नेत्र मूँद कर संसार से अपना सम्बन्ध विच्छेद किया जाता है।

ब्रह्मचारी समाधिस्थ हो जाने के लिए शिला-खण्ड पर पद्मासन से बैठ गये। नेत्र मूँद लेने से पूर्व उनकी दृष्टि जल में किल्लोल करती हुई मछलियों की ओर गयी ···यह मछलियाँ?

नर्मदा तट की उत्तुंग शिलाओं में एक आकाश-बेधी तीव्र चीत्कार गूँज उठा। ब्रह्मचारी की दृष्टि उस ओर उठ गयी। नदी पार धूप में चमकती सबसे ऊँची संगमरमर की शुभ्र चट्टान पर पर चिपका कर चील ऊपर उड़ते सजातीय पक्षी की ओर कातर भाव से चोंच उठा कर चीख रही थी। चील के ऊपर पर फड़फड़ाता हुआ पक्षी भी व्याकुलता भरी उड़ानें ले-ले कर हृदय से उठे आवेग से आकाश को गुँजा रहा था। एक प्रबल आकर्षण दोनों को व्याकुल कर रहा था। ब्रह्मचारी नीड़क की रोमराशि सिहर उठी। उन्होंने एकाग्र होकर सोचा—तन अथवा मन की कौन वृत्ति इन पक्षियों को विक्षिप्त कर रही है? उन्होंने सोचा, मनोवेग को वश में करने के लिए इन पक्षियों को ध्यान-मग्न हो जाना चाहिए। इस पर भी विचार उठा—क्यों? ···सुख की प्राप्ति के लिए? ···यह चील और यह मछलियाँ समाधिस्थ क्यों नहीं होतीं? ···इन्हें जन्म-मरण के बन्धन से और दुःख से भय क्यों नहीं लगता? इनके शरीर में स्थित

आत्मा को मुक्ति की इच्छा क्यों नहीं होती? ...क्या वे ब्रह्म का अंश नहीं हैं?

ब्रह्मचारी की शंका का उत्तर था—यह जीव भ्रम और अज्ञान के कारण दुःख को दुःख नहीं समझ पाते परन्तु इस उत्तर ने उनके विचारों में खलबली मचा दी। प्रश्न उठा—दुःख को दुःख न समझना भ्रम और अज्ञान है या दुःख से सदा भयभीत होकर उससे बचते रहने की चिन्ता में दुखी रहना अज्ञान है? और भी प्रश्न उठा—इन जीवों के अज्ञान और भ्रम का कारण क्या है? क्या यह वासना के दास हैं? यदि वे वासना के दास हैं तो उनकी यह वासना, उनके शरीर और ब्रह्म के अंश उनके आत्मा का ही गुण और स्वभाव हैं! इन जीवों का शरीर और अस्तित्व क्या उनकी अपनी इच्छा या वासना पर निर्भर है? नहीं, वह तो ब्रह्म की ही लीला है। ब्रह्म की इच्छा के विरुद्ध वे कैसे जा सकते हैं? मनुष्य भी क्या ज्ञानमय ब्रह्म की इच्छा के विरुद्ध जा सकता है? क्या मनुष्य की प्रवृत्ति, उसकी इच्छा और वासना भी प्रकृति और ब्रह्म का विधान नहीं है? क्या मनुष्य की तपस्या, ज्ञान उपार्जन का प्रयत्न और वासना को दमन करने की चेष्टा ब्रह्मशक्ति के विधान और कार्यक्रम के विरुद्ध नहीं हैं?

ब्रह्मचारी नीड़क समाधिस्थ न हो सके। वे सोचते चले गये—भय और पीड़ा इन पशु-पक्षियों के जीवन में भी आती है परन्तु वे दुःख और पीड़ा की आशंका और चिन्ता को ही जीवन का लक्ष्य बना कर मुक्ति की चिन्ता नहीं करते रहते। वे सुख को सुख और दुःख को दुःख मान कर जो कुछ जीवन में सम्मुख आता है, उसे ग्रहण कर जीवन की यात्रा पूर्ण कर देते हैं। यही वास्तविक अनासक्ति है। जीवन की यात्रा समाप्त हो जाने पर इन जीवों और मनुष्य की आत्मा में क्या कुछ अन्तर रह जायगा...?

सम्मुख शिला-खण्ड पर परों की फड़फड़ाहट और चीत्कार सुनकर ब्रह्मचारी की दृष्टि फिर उस ओर गयी। चील का जोड़ा जीवन और जन्म के क्रम को निरंतर रखने के प्रयत्न में लगा हुआ था। ब्रह्मचारी का शरीर एक अद्भुत रोमांच की सिहरन और उद्वेग से बल खाकर रह गया जैसे वेग से दौड़कर लक्ष्य को पकड़ते समय लक्ष्य अदृश्य हो जाये।

ब्रह्मचारी को स्मरण हुआ कि वे समाधिस्थ होने जा रहे थे परन्तु अब समाधि के लिए दृढ़ता और उत्साह शेष न रहा था। मन में तर्क और शंका ने स्थान ले लिया था। समाधि के प्रति विरक्ति के भाव ने कहा—सहज सुख से उपराम होकर तप, त्याग और समाधि द्वारा भी सुख की ही तो खोज की जाती है। यह क्या प्रवंचना है? वितृष्णा की एक मुस्कान से ब्रह्मचारी के होंठों पर खड़े श्मश्रु तनिक थिरक कर रह गये। उनकी ग्रीवा पराजय के से भाव में एक ओर झुक गयी। एक साँस खींचकर उन्होंने कहा—जीवित रह कर जीवन के क्रम का विरोध…?

ब्रह्मचारी नीड़क को विचारों की भूल-भुलैया में भूल जाने के कारण क्षुधा और समय का कुछ ध्यान न रहा। सूर्य आकाश के मध्य से पश्चिम की ओर ढलता चला जा रहा था। ब्रह्मचारी नीड़क के मस्तिष्क के अतिरिक्त विशाल प्रकृति का शेष व्यापार गति के प्रवाह में स्वाभाविक रूप से बहता चला जा रहा था।

ब्रह्मचारी नीड़क ने नदी के जल में विलोडन का शब्द सुना। दृष्टि बायीं ओर नदी तट की ओर चली गयी। तट के समीप एक स्थान से जल की लहरें वृत्ताकार फैलती हुई कुछ दूर जाकर जल में विलीन हो रही थीं। वहाँ समीप ही तट पर मृगचर्म और कमण्डल भी रखा हुआ था। कौन ? यह प्रश्न नीड़क के मस्तिष्क में उठने से पहले ही फैलती हुई लहरों के वृत्त के केन्द्र से, फैले हुए भीगे केशों से ढका सिर जल के ऊपर उठा। दो हाथों ने उन फैले हुए केशों के बीच से मुख को बाहर किया। जल की वृत्ताकार लहरें नये सिरे से एक बार और फैलने लगीं। नीड़क ने देखा, वह आकृति ब्रह्मचारिणी सिद्धि की थी। ब्रह्मचारिणी के श्मश्रुहीन मुख की कोमलता से ब्रह्मचारी के शरीर में बिजली-सी कौंध गयी। कन्धों तक जल में खड़ी ब्रह्मचारिणी डुबकी लेकर अपने शरीर का प्रक्षालन कर रही थी। उनके अंगों के हिलने से नर्मदा का जल क्षुब्ध हो रहा था और उस दृश्य से उसी मात्रा में नीड़क के शरीर का रक्त भी।

ब्रह्मचारी नीड़क उस ओर से दृष्टि न हटा सके। स्नान करके ब्रह्मचारिणी सिद्धि तट की ओर चली। तट की ओर उठते हुए प्रत्येक पद से उसका शरीर क्रमशः जल के बाहर होता जा रहा था। नीड़क की दृष्टि निरंतर उसी ओर थी। विचारों के क्षोभ से उनके श्वास की गति तीव्र हो

गयी थी। वे हृदय से उठकर कण्ठ में आ गये उद्वेग को निगल जाने का प्रयत्न कर रहे थे।

अपने यौवन-धन के शत्रु पुरुष की दृष्टि से सुरक्षित उस स्थान में ब्रह्मचारिणी जल के आवरण से निकल कर अपने शरीर को दूसरे आवरणों में सुरक्षित करने लगीं। उन्होंने कटि पर मृगचर्म को मूँज की मेखला से बाँधा और उन्नत वर्तुल उरोजों को कदली वल्कल के वर्तुल में छिपाकर मूँज की रस्सी से पीठ के पीछे बाँध लिया, मानो तप साधना के शत्रुओं को विघ्न डालने से दूर रखने के लिए बन्दी बना दिया हो।

ब्रह्मचारिणी सिद्धि ने स्नान के पश्चात् नदी से कमण्डल भर कर पश्चिम क्षितिज पर अनेक रंग के मेघों से घिरे सूर्यदेव का तर्पण किया और आश्रम की ओर चलने लगी।

सिद्धि ने सहसा पुकार सुनी—"ब्रह्मचारिणी!"

चौंककर सिद्धि ने अपने बायीं ओर देखा। लम्बे पग रखते हुए ब्रह्मचारी नीड़क उसी ओर आ रहे थे। ब्रह्मचारिणी ने नत शिर होकर उन्हें प्रणाम किया। यह विचार कर उसका शरीर झन्ना उठा कि इस स्थान को उसने पुरुष की दृष्टि से निरापद समझा था।

ब्रह्मचारिणी सिर झुकाये तपोधन नीड़क की आज्ञा की प्रतीक्षा कर रही थी। नीड़क की तीव्र दृष्टि ब्रह्मचारिणी की संकुचित, मौन, संयत मुद्रा की ओर थी। उनके मुख से शब्द नहीं निकल पा रहे थे। उन्होंने तरल स्वर में पूछ लिया—"ब्रह्मचारिणी, जीवन का उद्देश्य क्या है?"

सिद्धि ने उत्तर दिया—"जीवन के बन्धन से मुक्ति!"

नीड़क ने सिद्धि के मुख पर दृष्टि केन्द्रित कर पूछा—"जीवन का प्रयोजन क्या स्वयं अपना नाश करना ही है? ब्रह्मचारिणी, जीवन है क्या?"

सिद्धि ने दृष्टि झुकाये उत्तर दिया—"आत्मदर्शी ऋषियों के वचन के अनुसार जीवन दुःख का बन्धन है।"

सिद्धि के नत नेत्रों की ओर देख ब्रह्मचारी नीड़क ने फिर प्रश्न किया—"जीवन दुःख का बंधन है और जीवन का उद्देश्य इस बंधन से मुक्ति प्राप्त करना है? ब्रह्मचारिणी, जो कहा जाता है और जो सुना जाता है उसे एक ओर छोड़ कर तुम अनुभूति की बात कहो! जीवन देने वाली

सृष्टि की संचालक ब्रह्मशक्ति जीवन को समाप्त करके उससे मुक्ति पाने के लिए ही जीवन की सृष्टि करती है, यह बात तर्कसंगत और बुद्धिसंगत नहीं है।''

सिद्धि ने कुछ क्षण विचार कर उत्तर दिया—''महर्षि के प्रवचन में यह प्रसंग कभी नहीं आया। ज्ञाननिधि इस प्रश्न का समाधान करें।''

नीड़क ने फिर प्रश्न किया—''जीवन का सबसे भयंकर दुःख कौन है ब्रह्मचारिणी?''

ब्रह्मचारिणी ने संक्षिप्त उत्तर दिया—''मृत्यु।''

हल्की मुस्कराहट से नीड़क के श्मश्रु थिरक उठे। सिद्धि की दृष्टि नर्मदा के पुलिन पर थी। नीड़क बोले—''मृत्यु! ब्रह्मचारिणी, जीवन के क्रम में मृत्यु अनिवार्य है। उसका भय भ्रम है। वह व्यर्थ आतंक है। मृत्यु जीवन को समाप्त नहीं कर देती। वह जीवन की शृंखला में जीवन की एक कड़ी की सीमा है। जीवन की एक कड़ी के बाद दूसरी फिर तीसरी क्रमशः चलती है। जीवन के क्रम को चलाना ही सृष्टि का प्रधान कार्य है। शंका उत्पन्न करके उसका समाधान करना, दुख की कल्पना कर उससे निर्वाण का उपाय ढूँढ़ना, क्या यही जीवन का उद्देश्य है? ब्रह्मचारिणी, जीवन की इच्छा, प्रवृत्ति और गति ने क्या कभी तुम्हें स्वाभाविक मार्ग की ओर नहीं पुकारा?''

सिद्धि ने कुछ क्षण मौन रह कर उत्तर दिया—''ज्ञाननिधि, मेरा तप अपूर्ण है। मेरी आत्मा ने अभी ज्ञान नहीं पाया है।''

''ब्रह्मचारिणी, आँख मूँदकर जिस ज्ञान की खोज की जाती है, उसके विषय में प्रश्न नहीं कर रहा हूँ,'' नीड़क ने कहा, ''प्रत्यक्ष अनुभव में जो जीवन और ज्ञान आता है, उसी की बात पूछ रहा हूँ।''

सिद्धि ने प्रश्न का भाव ठीक से न समझ कर नेत्र झुकाये निवेदन किया—''ऋषिवर का तत्त्व मैं ग्रहण नहीं कर पायी। तपोधन, उपदेश कीजिये जीवन क्या है?''

नीड़क ने दीर्घ निश्वास से उत्तर दिया—''नर्मदा का प्रवाह ही उसका जीवन है। यदि प्रवाह की गति का अवरोध करके इसे उद्‌गम की ओर प्रवाहित करने की चेष्टा की जाय तो क्या होगा? ...यदि यह नदी प्रवाह को दुःख समझ कर गति-निरोध द्वारा प्रवाह से मुक्ति प्राप्त करना चाहे तो क्या होगा?''

सिद्धि ने अंजलिबद्ध करों से विनय की—"ऐसा अगम ज्ञान केवल तपोधन भविष्य-द्रष्टा ऋषि लोगों को ही प्राप्त हो सकता है। ज्ञानधन, अभी मेरी आत्मा ज्ञानहीन और निर्बल है।"

नीड़क बोले—"ब्रह्मचारिणी, जीवन की इच्छा को ही तुम निर्बलता समझती हो। उसे वासना का नाम देकर अपनी सम्पूर्ण शक्ति से जीवन का हनन करने का यत्न करती हो। तुम दुःख को सुख और सुख को दुःख मानने का यत्न कर यह भूल जाना चाहती हो कि जीवन क्या है?"

नीड़क के शरीर में रक्त के वेग की उत्तेजना का ज्ञान, सम्पर्क के अभाव में, सिद्धि के लिए सम्भव न था परन्तु प्रातः प्रवचन के समय ब्रह्मचारी के स्थिर गम्भीर स्वर और इस समय के स्वर के तरल-कम्पन में ब्रह्मचारिणी अन्तर अनुभव कर रही थी। एकान्त में मिलने के संकोच से एक मधुर मूढ़ता ब्रह्मचारिणी के मस्तिष्क में प्रवेश करती जा रही थी। उसने बद्ध-अंजलि होकर विनय की—"ज्ञानधन, ज्ञानदान दीजिये!"

"ज्ञान?" नीड़क ने एक दीर्घ निश्वास लेकर नदी पार संगमरमर के उत्तुंग शुभ्र शिला-खण्डों की ओर दृष्टि उठायी। चील की जोड़ी अभी तक अपने जीवन की शक्ति को शरीर में सीमित न रख सकने के कारण उसके लिए नवीन शरीरों की रचना में व्यस्त थी। चरम सीमा पर पहुँचा हुआ उनके जीवन का उच्छ्वास तीव्र चीत्कारों के रूप में नर्मदा तट की उत्तुंग शिलाओं से टकराकर जल पर गूँज रहा था। नीड़क ने उस ओर संकेत कर कहा, "उस ओर देखो ब्रह्मचारिणी!"

ब्रह्मचारिणी सिद्धि ने दृष्टि उठाकर देखा। विषयान्ध शरीरों का ऐसा व्यापार उसने पहले भी देखा था। ऐसे अवसर पर उस ओर से दृष्टि हटा कर प्राणायाम द्वारा मन और इन्द्रियों का निरोध कर मन को विकार के आक्रमण से बचाने का प्रयत्न उसने किया था, परन्तु पूर्ण युवा ब्रह्मचारी की उपस्थिति में, उनके संकेत से उस दृश्य को देख कर ब्रह्मचारिणी का शरीर कंटकित हो उठा। उसके नेत्र झुक गये। उसका मुख आरक्त हो गया।

ब्रह्मचारी नीड़क के श्वास का वेग अधिक तीव्र हो गया। उनके स्नायु वीणा के तने हुए तारों की भाँति झनझनाने लगे। ब्रह्मचारिणी का शरीर उन्हें तीव्र वेग से आकर्षित कर रहा था। नेत्र झुकाये ब्रह्मचारिणी

का मुख आरक्त हो जाना ब्रह्मचारी को असह्य हो रहा था। उन्होंने एक पग समीप होकर कम्पित स्वर में पूछा—"ब्रह्मचारिणी, क्या वह पाप और अनाचार है तो क्या जीवन भी पाप और अनाचार नहीं?"

ब्रह्मचारिणी ने नेत्र मूँदकर कम्पित स्वर में उत्तर दिया—"तपोधन, ऋषियों के वचन के अनुसार यह अज्ञान के कारण, वासना के पंक में फँसकर मुक्ति के मार्ग से च्युत होना है। आत्मा को दुख के बन्धन में फँसा देना है। जीवन भ्रम और माया है।"

"ब्रह्मचारिणी, यह दुख का बन्धन है?" ब्रह्मचारिणी की ओर एक और पग बढ़ कर नीड़क ने प्रश्न किया, "तुम्हारा विश्वास है, चील की यह जोड़ी इस समय जन्म-मृत्यु के माया-बंधन को सम्मुख देख कर भय से कातर होकर चिल्ला रही है या वे जीवन के उच्छ्वास की पूर्ति के आवेग में आत्म-विस्मृत हो रहे हैं?

"क्या यह जीवन माया और भ्रम है ब्रह्मचारिणी?" ब्रह्मचारी ने ब्रह्मचारिणी को मौन देखकर फिर पूछा, "जिस सत्य की अनुभूति हम रोम-रोम से कर रहे हैं, संसार में व्यापक ब्रह्म की वह शक्ति माया और भ्रम है। इन्द्रियों से प्राप्त होने वाले सुख की उपेक्षा कर, अतृप्ति के कारण उत्पन्न दुख को सुख समझने की चेष्टा करना सत्य है? ब्रह्मचारिणी, क्या तुम सत्य को मिथ्या और मिथ्या को सत्य मानने का यत्न नहीं कर रही हो?"

सिद्धि मौन रही।

नीड़क ने अपनी तर्जनी से संकेत कर पूछा—"ब्रह्मचारिणी, क्या तुम हृदय में कामना के रूप में जीवन की शक्ति को अनुभव नहीं कर रही हो? क्या तुम हृदय में द्वन्द्व अनुभव नहीं कर रही हो?"

ब्रह्मचारिणी ने अपने झुके हुए त्रस्त अधमुँदे नेत्रों को क्षण भर के लिए ऊपर उठा कर उत्तर दिया—"अन्तर-द्रष्टा ज्ञानी, आपका वचन सत्य है। मैं निर्बल आत्मा हूँ। इन्द्रियों का निग्रह मैं अभी तक नहीं कर पायी हूँ।"

ब्रह्मचारी ने अपना हाथ सिद्धि के कन्धे पर रख दिया। उन्होंने अनुभव किया ब्रह्मचारिंणी का शरीर काँप रहा था। अपनी बाँह से उसकी पीठ को सहारा देकर दूसरे हाथ से उसका चिबुक ऊपर उठाकर

ब्रह्मचारी ने कहा—"सुन्दरी, यह द्वन्द्व जीवन की माँग और ब्रह्म की शक्ति है।"

ब्रह्मचारिणी के पैर इस प्रकार लड़खड़ा गये मानो वह गिर पड़ेगी। ब्रह्मचारी ने कुछ हतप्रतिभ होकर प्रश्न किया—"सुन्दरी, मेरे कठोर शरीर के स्पर्श से तुम्हें असुख का अनुभव होता है ?"

नीड़क के शरीर का आश्रय लेकर सिद्धि ने काँपते हुए स्वर में उत्तर देने का यत्न किया—"नहीं ···एक अपरिचित अनुभूति है, कुछ असह्य-सी, कुछ अप्राप्य-सी अत्यन्त प्रिय है। आह···!"

सिद्धि का कंठ रुँध गया। उसका जटावेष्टित सिर ब्रह्मचारी के लोमपूर्ण वक्षस्थल पर टिक गया। नर्मदा के पुलिन से भरे सिद्धि के जटाजूट पर नीड़क के ओष्ठ आ टिके।

सिद्धि सहसा चौंक कर अपने पैरों पर खड़ी हो गयी—"ज्ञानधन, अज्ञान का अन्धकार मुझे घेरे ले रहा है। मुझे ज्ञान दीजिये!"

ब्रह्मचारी ने कुछ हतोत्साह होकर उत्तर दिया—"ज्ञान! ···ज्ञान चेतना का विकास है। ···चेतना का द्वार इन्द्रियाँ हैं। ···प्रकृति स्वयं उन्हें मार्ग दिखाती है। ब्रह्मचारिणी, प्रकृति का हनन और दमन अज्ञान है।"

ब्रह्मचारिणी ने निर्बलता अनुभव कर आश्रय के लिए अपने दोनों बाहु, शरीर के बोझ सहित ब्रह्मचारी के कन्धे पर रख दिये।

ब्रह्मचारी नीड़क और ब्रह्मचारिणी कम्पित चरणों से नर्मदा के पुलिन पर दोहरे चरण-चिह्न अंकित करते हुए नीरव नदी-तट की निर्जन शिलाओं की ओर चले जा रहे थे। नवोदित तारे अपनी शीतल किरणों की उँगलियों से श्रावण के घने मेघों का पट खोलकर, पृथ्वी पर होने वाले सृष्टिक्रम के व्यापार को देखकर संतोष प्रकट कर रहे थे। ब्रह्म की शक्ति सृष्टि के क्रम की रक्षा के लिए प्राकृतिक शक्तियों का आयोजन कर रही थी।

ब्रह्म-मुहूर्त से पूर्व ही श्रावण के घने मेघ अविराम बरस रहे थे परन्तु यम-नियम का पालन करने वाले ऋषि लोग प्रातःकर्म से निवृत्त होकर आश्रम के विशाल बरगद के नीचे ज्ञान-चर्चा के लिए एकत्र हो गये थे।

यज्ञ का पवित्र धूम, दिशा बदलती हुई वायु के प्रहारों से महावृक्ष को चारों ओर से घेर कर स्थिर-सा हो रहा था। पिछले दिन मध्याह्न से ब्रह्मचारी नीड़क की अनुपस्थिति और संध्या समय नदी स्नान करने जाकर ब्रह्मचारिणी सिद्धि के न लौटने की चिन्ता सभी आश्रम-निवासियों को विक्षिप्त किये थी। प्रसंग में महर्षि दीर्घलोम ने कहा—" ...वासना मनुष्य की सबसे बड़ी शत्रु है। वासना की अग्नि में मनुष्य का ज्ञान सूखी समिधाओं की भाँति भस्म हो जाता है।"

सूर्योदय के समय नर्मदा-तट की एक गुफा में नीड़क ने निद्रा समाप्त होने की अँगड़ाई ली। उनका शरीर हिलने से सिद्धि सचेत हो गयी। नीड़क के पलक खुलने से पूर्व ही उसने उपेक्षित मृगचर्म को शरीर पर खींचते हुए गुफा द्वार से बाहर दृष्टि डालकर कहा—"ब्रह्म-मुहूर्त व्यतीत हुए विलम्ब हो गया जान पड़ता है!"

"हाँ!" नीड़क ने उत्तर दिया, "समाधि का समय बीत गया है।" और सिद्धि की ग्रीवा को अपनी बाँह में लेकर, उसके अधमुँदे नेत्रों में नेत्र गड़ाकर नीड़क ने मुस्कान से पूछा, "सच कहो, अनेक वर्ष समाधि द्वारा परम सुख में तल्लीन होने और आत्म-विस्मृति में संसार को भूल जाने की चेष्टा करके भी क्या कभी तुम तृप्ति में इतनी आत्म-विस्मृत हो सकी थी जितनी इस सम्पूर्ण रात्रि में?"

सिद्धि ने तृप्ति में पुनः आत्म-विस्मृत हो नीड़क की ग्रीवा को आलिंगन में लेकर उन्मीलित नेत्रों से उत्तर दिया—"आर्य सत्य कहते हैं।"

एक राज़

मुझे देहरादून में बदली का आर्डर मिला। मेरी बहुत पुरानी साध पूरी हुई, देहरादून के प्रशान्त उपवन के प्रति मेरे मन में बहुत पुरानी अनुरक्ति है। पहाड़ियों से घिरी उपत्यका की उस बस्ती में जाने पर माँ की गोद में आँखें मूँदकर सो सकने का-सा सुख मिलता है। वृक्षाच्छादित सूनी और स्वच्छ सड़कें, परेड का विस्तृत मैदान और चारों ओर उमड़ती लहरों जैसी हरियाली छायी पहाड़ियाँ। यह चित्र के समान सुन्दर जान पड़ता है।[1] रात में मसूरी की पहाड़ी पर छिटकी बिजली की रोशनी! मानो वहाँ सूर्य की रानी दिन में क्रीड़ारत होकर अपना सतलड़ा हार भूल गयी है; वही हार रात में पड़ा चमक रहा है। उस वातावरण की आर्द्र शीतलता बहुत प्राणपोषक जान पड़ती है। संसार की व्यग्रता, उथल-पुथल तथा भयंकर संघर्ष से परे 'देहरा' किसी साधनारत के आश्रम के समान जान पड़ता है। जाने कब से मन में निश्चय कर लिया है; अगर मेरी कब्र कभी बनी तो देहरे के दामन में ही बनेगी। हृदय के गुप्त-प्रेम

---

१. यह वर्णन १९६० से पूर्व देहरादून का है। अब देहरादून की अवस्था बदल चुकी है। ले०

की तरह देहरा मेरे मन में सदा के लिए एक मीठी याद लेकर बसा हुआ है।

सबसे बड़ी बात तो यह कि देहरे में मिस्टर प्रसाद के अतिरिक्त मेरा न कोई मित्र था न परिचित। इसी से मेरे जैसे असामाजिक अहदी के लिए देहरे से बढ़कर और कौन स्थान हो सकता था? मेरे जीवन की बड़ी भारी महत्त्वाकांक्षा थी और अब भी है कि देहरे के ऊपरी भाग में फुलवाड़ी से घिरा एक छोटा-सा मकान हो। ···बरामदे में शाल ओढ़कर आरामकुर्सी पर लेटा रहूँ। ···हल्की धूप में फूलों और तितलियों का प्रेमाभिनय देखा करूँ और सूर्यास्त के समय वनराशि के बीच से दावानल के समान अरुण पश्चिम दिशा को देखते-देखते ···रजनीगंधा, देहरादून की रजनीगंधा ···उसी में मैं समा जाऊँ···।

तुमने कभी देहरे में छावनी की नयी सड़क से सूर्यास्त का दृश्य देखा है ? नहीं देखा तो एक बहुत बड़ी चीज नहीं देखी। मन चाहता है, वह दृश्य देखने के लिए बरामदे में बैठ जाऊँ तो फिर उठूँ नहीं। कोई दया कर पास पड़ी तिपाई पर कुछ सिगार लाकर रख दे। इस कृपा के बदले स्वर्ग का राज्य मिलने की दुआ दे सकता हूँ। कोई दिन में दो-चार चाय का प्याला दे दे, उसे भी बहुत बड़ा आशीर्वाद दूँगा। खैर, राज़ की बात कह रहा था··· ।

मुझे देहरे में आठ तारीख को हाज़िर होना चाहिए था और बारह से विजयदशमी की छुट्टियां थीं। सात तारीख तक मुझे बदली के लिए सात दिन का अवकाश था। इतने दिन निष्क्रिय रह कर बरामदे में बैठे-बैठे धुआँ पीने की आशा से मेरा मन आनन्द विभोर हो उठा। आर्डर मिलते ही मैंने मिस्टर प्रसाद को एक तार दे दिया कि किसी निराले स्थान में एक मकान हम लोगों के लिए ले लें।

तीस तारीख को रविवार था इसलिए विशेष यत्न से तैयारी करके शनिवार की संध्या ही देहली से चल देना चाहता था। रानी के किए बिना तो कुछ हो नहीं सकता था और मेरी इस उतावली में रानी का सहयोग बिल्कुल न था। अव्वल तो वह देहली जैसे सुविधा के स्थान और परिचित समाज को छोड़कर देहरा जाने की बात से ही उत्साहित न थी। तिस पर सप्ताह भर का समय हाथ में था, उसे वह यों नहीं गवाँ देना चाहती थी। जाने से पहले उसे किसी सहेली के यहाँ जाना था, किसी को

आमंत्रित किये हुए थी, किसी को वह भेंट देना चाहती थी, किसी से भेंट मिलने की आशा थी। एक-आध दावत में भी शामिल होना था और कुछ सामान खरीदना भी अनिवार्य था जिसकी कि देहरे जैसे उजाड़ स्थान में मिलने की आशा न थी।

बिल्ली के भागों छींका टूटा। शुक्रवार दोपहर की डाक में लाहौर से एक लिफाफा आया था। रानी मायके के पत्रों पर ऐसे टूटती है जैसे मांस पर चील। पत्र पढ़कर चेहरे पर भारी चिन्ता का भाव आ गया, बोली—"देहरे बहुत जल्दी चले जाना किसी तरह नहीं हो सकता।"

मैं कुछ समझा नहीं, विस्मय से पूछा—"क्यों? क्या मतलब है?"

"घर की तो कुछ फिक्र तुम्हें रहती नहीं। जरा बैठकर इस पत्र को सुनो!" उसने आदेश दिया और पत्र पढ़ने लगी। पत्र सुनते हुए मैं मन ही मन अपना प्रोग्राम तय करने लगा। पंजाबी और हिन्दी मिले इस पत्र को सुनकर मैं इतना ही समझ सका कि रानी के मायके में उसकी भाभी, बहिन या अन्य कोई प्रथम प्रसव की संकटापन्न और बधाई योग्य परिस्थिति में है और रानी का वहाँ तुरन्त पहुँचना बहुत जरूरी है। न पहुँचने से जो बदनामी होगी उसका पारावार नहीं और सम्बन्ध बिगड़ जाने के जो परिणाम होते हैं!

मैं देहरे में कुछ दिन बिल्कुल अकेले रहने की आशा से मन ही मन पुलकित हो उठा। इस अपराध को छिपाकर कहा—"बेशक, क्यों नहीं। तुम आज ही चली जाओ। जब तक ज़रूरत हो वहाँ रहो। तुम सीधे देहरादून आ जाना।"

रानी ने मेरी कम समझी पर खीझकर कहा—"मैं चली जाऊँ! तुम क्यों नहीं चलोगे? छुट्टी तो है, वहाँ क्या करोगे? वहाँ तुम्हारे खाने-पीने का इन्तजाम कौन करेगा? तुम कुछ समझते भी हो! समय पर ही अपना आदमी पहचाना जाता है। ...वहीं से सीधे देहरे चले चलेंगे या मैं किसी दूसरे को तुम्हारी देख-भाल के लिए साथ भेज दूँगी।"

मेरा मन बुझ-सा गया। कहा—"यों चाहो तो मुझे घसीट कर जहाँ चाहे ले जाओ पर मैं डॉक्टर नहीं, नर्स नहीं। मेरी उपस्थिति से भाभी की प्रसववेदना में किस प्रकार सहायता हो सकेगी यह मैं नहीं समझ सकता। तुम मिलखी (नौकर) को साथ ले जाओ। मैं वहाँ सब इन्तजाम करके

ज़रूरत होगी तो विजयदशमी पर लाहौर आ जाऊँगा। सात-आठ दिन में मैं वहाँ की स्थिति भी समझ लूँगा।''

रानी ने जज की तरह मेरी ओर घूर कर विस्मय से पूछा—''तो तुम वहाँ अकेले रहोगे कैसे?''

ब्याह हो जाने से पहले माँ समझती थीं कि उनकी नज़रों से ओझल होते ही मेरा जीवन खतरे में पड़ जायगा। ब्याह हो जाने के बाद से यही रानी का भी विचार है परन्तु मैं अपने आपको इतना अपदार्थ नहीं समझता। साहस कर कहा—''मकान प्रसाद ने ले ही लिया होगा...''

रानी झुँझलाकर बोली—''मकान क्या करेगा? खाना कौन पकायेगा? मेरे बिना सब मिट्टी हो जायगा।''

जवाब दिया—''घबराओ नहीं, जाते ही नौकर रख लूँगा।''

''हाँ! नौकर ऐसे ही मिल जाते होंगे।''

किसी तरह रानी को मना लिया। एक-दो ऐसे नुसखे हैं जो पत्नी पर अव्यर्थ होंगे। उनका भेद अभी खोलना उचित नहीं। मेरा विचार है, यह सब महत्त्व की बातें जवान हो जाने पर अपने पुत्र को सिखा दूँगा ताकि बहू उसे बिल्कुल निरुपाय न कर दे।

सहारनपुर तक हम दोनों पंजाब-मेल में एक साथ ही आये और रानी राह भर मुझे समझाती आयी—''मकान प्रसाद के मकान से दूर मत लेना। केवल ज़रूरत का ही सामान खुलवाना और सब वैसे ही सम्भला रहने देना। हाँ, कोई नया आदमी नौकर मत रख लेना। प्रसाद के यहाँ से ही किसी आदमी को बुला लेना। और देखो, मेरी कसम, खाना प्रसाद के यहाँ ही खाना। कुछ खयाल या संकोच मत करना। उसकी लड़की के लिए कोई छोटा गहना बनवा कर मैं तुम्हारा सब संकोच धो दूँगी। तकलीफ या उदासी हो तो लाहौर चले आना या तार दे देना। मैं एक मिनिट भी देर नहीं करूँगी...।''

रानी की आँखें भीगती देखकर मैं डरा, कहीं वह लाहौर जाने का विचार ही न छोड़ दे। सहारनपुर के स्टेशन पर मैं उसे साहस बँधाता रहा। आखिर मेल के छूट जाने पर निश्चिन्त होकर स्टेशन से बाहर

निकला। स्वतन्त्र होकर पर फड़फड़ाने से एक अपूर्व आनन्द का अनुभव हुआ।

मिस्टर प्रसाद ने जो मकान मेरे लिए लिया था, उसे देखकर प्रसन्नता का ठिकाना न रहा। छावनी की नयी सड़क पर, पहले पुल के पास, बिल्कुल एकान्त में छोटा मकान। प्रसाद अपने आदमियों से मेरा सामान रखवा रहे थे, उसी समय एक अनजान आदमी ने बरामदे में आकर सलाम कर पूछा—"बाबू जी, नौकर रखोगे?"

मैंने सावधानी से पूछा—"तुम नौकरी करोगे? पहले कभी नौकरी की है?"

उस आदमी ने सिर हिला कर हामी भरी। उस आदमी का उदास चेहरा देखकर सोचा—यदि इसे नौकर नहीं रखूँगा तो यह बहुत निराश होगा। उसका घर दूर पहाड़ टेहरी राज में था। उसने अपना नाम बताया फतेसिंह और जाति ठाकुर। तनखाह माँगी आठ रुपये। मुँह माँगी कीमत देना मूर्खता में शामिल है इसलिए कहा—"नहीं, सात मिलेंगे।" हाथ बाँधकर उसने उत्तर दिया, "बाबूजी, काम देख लेना फिर जो ठीक समझो।"

इनकार या भाव-तोल करने की गुंजाइश नहीं रह गयी थी। मैंने कह दिया—"अच्छा!"

रानी ने उपदेश देते समय कहा था अनजाना आदमी रखोगे तो वह सब कुछ चुराकर भाग जायगा। मैंने निश्चय से मन में कहा—और जो हो, यह आदमी चोर नहीं हो सकता, आखिर तो मैं भी मनोविज्ञान का प्रोफेसर हूँ। बाहर आने पर जब मिस्टर प्रसाद को मालूम हुआ कि इसी बीच में मैंने नौकर भी रख लिया तो उन्होंने निश्चय के स्वर में कहा—"यदि भाभी तुम्हें उल्लू समझती हैं तो अचरज क्या?"

परन्तु आदमी तो रख लिया गया था। उसे वचन भी दे दिया गया था।

फतेसिंह की देख-रेख में मेरी गृहस्थी चलने लगी। सामान एक दफे ढंग से लग जाने पर कुछ कठिन भी न था। मेरा समय प्रायः बरामदे में

कुर्सी पर लेटे-लेटे ही कटता। फतेसिंह सब काम सम्भाले था। पहले तीन-चार रोज कुछ चख-चख ज़रूर हुई। मैं उसे बात-बात पर डाँटता रहा—यह देखो, दरी पर मिट्टी पड़ी है। बरामदे में क्या पड़ा है। पानी के गिलास में उँगली मत डालो। तौलिया वहाँ पर मत पड़ा रहने दो। कपड़े खूँटी पर लटकाओ। हफ्ते भर में वह काम लायक हो गया था या मैं उसके लायक हो गया।

विजयदशमी में—जैसा कि मेरा पहले ही विचार था—मैं लाहौर नहीं गया। रानी को लिख दिया—मैं सब प्रकार से आराम से हूँ और कई कारणों से लाहौर आना सम्भव नहीं।

रानी भी एक मास तक देहरे न पहुँच सकी। मेरे और फतेसिंह के यह दिन बड़ी शान्ति से कट गये।

फतेसिंह में अक्ल की जरा कमी ज़रूर थी पर वह आदमी था सोने का। बिना बुलाये वह कभी न बोलता और हाथ का निहायत सच्चा। दो-तीन काम उससे अक्सर बिगड़ जाते थे। सुबह की चाय में प्रायः देर हो जाती थी। जल्दी के लिए कहना फिजूल था। जल्दी करने पर उसके हाथ से बर्तन ही छूट जाते थे। दोपहर का खाना भी कुछ उलझन का काम था। चाय अलबत्ता वह दिन में कई बार तैयार कर सकता था; जूते पर पालिश कर देना, टोपी झाड़ना, हाथ धुलाकर तौलिया देना, मेज झाड़ देना यह छोटे-छोटे काम थे जो उसे प्रायः भूल जाते थे। उसमें एक ऐब भी था। जहाँ उसे डाँटा उसकी रही-सही अक्ल भी काफूर हो जाती थी। आखिर क्या करता? अकेला आदमी था, क्या-क्या देखता?

फतेसिंह अपनी भूल से स्वयं ही दुखी हो जाता था। उस समय कुछ भी कहना सम्भव न था। वह कहता था—बीबीजी आयेंगी तो मैं सब सीख जाऊँगा।

बीबीजी ने उसे खूब सिखाया।

कभी दिल बहलाने के लिए मैं फतेसिंह को समीप बैठाकर बातचीत भी करने लगता—उसके यहाँ कितनी जमीन है, बाल-बच्चे कितने हैं, कुछ कर्ज है या नहीं! यह बातें कितनी ही दफे दुहरा-दुहराकर उससे पूछीं। इस बातचीत से उसे एक आत्मीयता का बोध होता था। कुछ दिन में हम लोग आत्मीयों की भाँति समीपी हो गये। मुझे भी उसके व्यवहार में एक सहानुभूति और सम्वेदना अनुभव होती थी। मुझे चुपचाप पड़े

देखकर वह सोचने लगता था। मुझे सन्तुष्ट होकर खाना न खाते देखकर आँखें भीग जाती थीं। वह प्रायः पूछ लेता—बीबीजी कितने रोज में आयेंगी! बीबीजी के दर्शनों की उसे बड़ी साध थी। एक दिन बीबीजी आ ही गयीं।

रानी ने आते ही विस्मय से आँखें फैलाकर पूछा—"हैं, तुम्हें क्या हो गया?"

"कुछ भी तो नहीं!" मुझे भी उसके प्रश्न से विस्मय हुआ।

"वाह, आधे भी तो नहीं रहे। मुँह सूखकर कैसे काला पड़ गया है।" क्षुब्ध दृष्टि से रानी मेरी ओर देखने लगी। अपना मुख तो उस समय मैं देख नहीं सका। हाँ, रानी के मुख पर ज़रूर चिन्ता की छाया दिखाई दी। मैंने परिहास के लिए मान करके कहा, "तुम तो माँ की गोद में जाकर मुझे भूल गयी, क्या करता?" झूठे अपवाद से खीझकर रानी ने कहा, "झूठ-मूठ लिखते रहे मोटा हो रहा हूँ!"

इतने में बदकिस्मत फतेसिंह ने आकर हाथ जोड़ 'नमस्ते' की।

रानी ने पूछा—"यही है तुम्हारा समझदार आदमी!" रानी को संदेह हो गया कि सब खुराक स्वयं खाकर फतेसिंह ने मुझे कमजोर कर दिया है। वह उससे नाराज हो गयी। रानी के साथ पुराना नौकर मिलखी भी था। फतेसिंह ने मिलखी को ऐसा देखा जैसे उसका बड़ा भाई हो और मिलखी ने उसे देखा प्रतिद्वंद्वी की दृष्टि से।

मैंने फतेसिंह को तुरन्त चाय बना लाने के लिए कह दिया। वह चाय बना लाया। रानी ने ट्रे की ओर देखकर पूछा—"क्यों, खाने के लिए घर में कुछ नहीं?"

फतेसिंह अपराधी की तरह स्तब्ध रह गया। उसे ढाढ़स देने के लिए मैंने कहा—"जाओ, पावरोटी काटकर सेंक लाओ!"

फतेसिंह टोस्ट के नाम से डरता था। वह कहता था, यह तो रुई की तरह जल जाते हैं इसलिए मैं चाय यों ही पी लेता था। मिलखी की ओर देखकर मैंने कहा—"जाओ, जाकर उसे बता दो!"

प्यालों में चाय डालते हुए रानी ने एक प्याली को उठा यों नाक सिकोड़ कर देखा मानो नाली में से उठाकर, बिना धोये वहाँ रख दी गयी

हो। वह मेरी ओर देखकर झुँझला उठी, "यह क्या गन्द तुमने पाल लिया है?" फिर मिलखी को पुकार कर हुक्म दिया, "हटाओ यह सब। ठीक बनाकर लाओ।"

पन्द्रह-बीस मिनिट में नये सिरे से लगी ट्रे आ पहुँची परन्तु उन खस्ता टोस्टों और कायदे से बनी चाय से मुझे वह सन्तोष नहीं हुआ जो फतेसिंह के अल्हड़ हाथों से होता था। मिलखी की चुस्ती-फुर्ती देखकर फतेसिंह मुँह बाये रह गया। रानी मिलखी को साथ लिये घूम-घूम कर कमरों में सफाई करवा कर सामान को ढंग से रखवाने लगी। फतेसिंह को फ़टकार कर पूछती जा रही थी—यही तरीका है? तुमने कहाँ काम सीखा है? यही सफाई है?

सोने के कमरे में पलंग के सामने दरी पर दस-पन्द्रह पुस्तकें और अखबारों के पन्ने फैले हुए थे। उन्हें उठाने की न फतेसिंह को सुध रहती थी न मुझे। धोबी के यहाँ से जो कपड़े आये थे, वे आलमारी के सामने ढेर के ढेर पड़े थे और उतरे हुए कपड़े गुसलखाने में ही थे। यह सब देख-देख कर रानी ऐसे खीझ रही थी जैसे पानी की छींटे से बिल्ली। फतेसिंह मालकिन के तौर देख़कर काँपने लगा।

तीसरे ही दिन मैं अभी कालेज से लौटा न था, रानी बरामदे में बैठी कुछ सोजनकारी कर रही थी। उसने पुकारा—"फतेसिंह, एक गिलास पानी लाओ।"

फतेसिंह ने फौरन यत्न से गिलास माँजा, पूरा भरा और हथेली पर टिका रानी के सामने पेश कर दिया। रानी एक नज़र गिलास की ओर डालकर तीव्र दृष्टि से फतेसिंह की ओर देखती रही। फतेसिंह ने समझा ज़रूर कुछ चूक हुई है परन्तु चूक क्या थी सो वह कुछ समझ न सका। उसने आँखें झुका लीं।

रानी ने गम्भीरता से पूछा—"तुम्हें पानी देने की तमीज़ नहीं है!" और सुई की नोक से संकेत कर समझाया, "जब पानी लाओ, गिलास को तश्तरी में रखकर उसे ढँक कर लाओ।" रानी ने उस समय दया कर वह गिलास उसके हाथ से स्वीकार कर लिया।

गिलास के सिरे से पानी की एक-एक बूँद धीरे-धीरे नीचे फिसलती आ रही थी। रानी ने एक ही घूँट लिया था कि बूँद सोजनकारी पर आ गिरी। बूँद क्या गिरी, बिजली गिर पड़ी। उसने क्रोध से गिलास फुलवाड़ी में फेंक दिया और जोर से डाँटा—"निकल जा बदतमीज, जानवर!"

जल की उस एक बूँद के बदले न जाने कितनी बूँदें फतेसिंह की आँखों से गिर गयीं, यह उसने किसी को नहीं बताया। फतेसिंह चतुर नौकरी पेशा लोगों की तरह अपमान सहने का आदी न था; नहीं तो क्षमा माँगकर टिका रहता। तुरन्त उसका हिसाब कर दिया। वह चला गया।

मैंने कालिज से लौट वह सब वृत्तान्त सुना। मन को बहुत चोट लगी। मुख से कुछ कह नहीं सका। इच्छा हुई फतेसिंह को ढूँढ़कर उसे समझा-बुझा कर लौटा लाऊँ परन्तु ऐसा कर न सका। इससे घर की मालकिन की हेठी जो हो जाती।

शनिवार की साँझ लड़कों का एक मैच था। मैं सूर्यास्त के पश्चात् परेड के मैदान को चीरता हुआ आ रहा था। सहसा दोनों हाथ जोड़े फतेसिंह सामने आ खड़ा हुआ। मन के आवेश में उसके हाथ अपने हाथों में ले लिये और गदगद स्वर में पूछा—"कहाँ चला गया था तू?"

फतेसिंह ने संकोच से अपने हाथ खींच लिये। तब मुझे भी बोध हुआ परन्तु समीप किसी परिचित को न देखकर निश्चिंत होकर पूछा—"अब कहाँ हो?"

फतेसिंह ने आँखें पोंछते हुए उत्तर दिया—"कहीं नहीं। अब वह अपने गाँव लौट जायगा।" उस समय यदि बस चलता तो फतेसिंह को घर लिवा ले जाता।

झुटपुटे अँधेरे में हम दोनों पास खड़े रहे। फतेसिंह ने भीगे हुए गले से कहा—"बाबू जी गलती माफ करना। आप माँ-बाप हो। आपका अन्न खाया है।"

फतेसिंह की बात से चोट खाकर उसके कन्धे पर हाथ रख जवाब दिया—"अरे जाने दो, यह सब कुछ नहीं है।" और जेब से दस रुपये का एक नोट और निकाल उसके हाथ में थमाते हुए आगे बढ़ गया।

कुछ कदम जाकर पीछे देखा, फतेसिंह खड़ा आँसू पोंछ रहा था।

मैंने पुकार लिया—"फतेसिंह!"

फतेसिंह लपक कर समीप आ गया। उसे फिर समझाया—"घबराओ मत!"

फतेसिंह ने उत्तर दिया—"भूलना मत बाबू जी!"

मैंने हँसकर कहा—"अच्छा-अच्छा··· चिट्ठी लिखोगे न!"

उसने सिर हिलाकर हामी भरी।

सात-आठ बरस के बच्चे के लिखे जैसे अक्षरों में कभी-कभी फतेसिंह की चिट्ठी आ जाती है। 'सिद्धि श्री' से आरम्भ कर उसमें वह अपने कल्याण की सूचना और हमारे कल्याण की कामना करता है। बड़े-बड़े अक्षरों में वह सदा 'बीबी जी को जै रामजी की बांचणा' भी लिखता है परन्तु रानी से कभी जिक्र नहीं किया।

कड़ा जाड़ा आरम्भ होने पर जब रानी मोटा कोट निकाल कर हलका कोट आलमारी में बन्द करने लगी, जेबों की तलाशी में फतेसिंह की एक चिट्ठी उसके हाथ लग गयी। उनके बार-बार पढ़ जाने पर भी चिट्ठी का सिर-पैर उसकी समझ में नहीं आया तो हँसती हुई आकर बोली—"अजी मनोविज्ञान के पंडित जी, अब तुम लोगों के कूड़े-करकट में से उनकी चिट्ठियाँ बीन-बीन कर मनस्तत्व के किसी सिद्धान्त का आविष्कार करने वाले हो क्या? कूड़े में से कागज बटोर लाते हो। यह खयाल नहीं आता, इनमें कैसे-कैसे रोगों के कीटाणु हो सकते हैं।"

चाहता तो बात हँसकर टाल देता परन्तु एक कड़ी प्रतिज्ञा है। हम दोनों परस्पर कोई रहस्य छिपाकर नहीं रखते परन्तु फतेसिंह के रहस्य को उसकी अनुमति के बिना खोल डालना भी क्या उचित होता?

इसलिए···।

●

गण्डेरी

दफ्तर बन्द होने का सरकारी समय पाँच बजे है परन्तु बड़े बाबू छः-साढ़े छः से पहले नहीं उठते। अफसर से पहले उठकर चल देना बेअदबी है तिस पर जगमोहन था अप्रेंटिस। बड़े बाबू के उठने पर कुछ दूर उनके पीछे-पीछे जाकर, उन्हें सलाम कर एक गली से घूम कर अपने घर आता है।

उस रोज जगमोहन दफ्तर से घर लौटकर कहीं बाहर न गया। ट्रंक खोल कर उसने धोबी की धुली कमीज और धोती निकाली। बहू ने विस्मय से आँख उठाकर पूछा—"यह क्या; अभी तीन ही दिन तो कपड़े बदले हुए हैं! ऐसी क्या बात है?"

"अरे एक जगह जाना है।" जगमोहन ने उत्तर दिया।

"कहाँ जाओगे?"

"ऐसे ही एक जगह।"

बहू चौके में चली गयी। उसे डर था, अधिक पूछने से नाराज़ हो जायेंगे। अभी उस रोज भी नाराज़ हो गये थे।

जगमोहन भी सोचने लगा—न जाने क्या खयाल करेगी; कहाँ जा रहा हूँ। बता देने में डर क्या है। जरा दिल बहलाने जा रहा हूँ। रोज दफ्तर में बैठे-बैठे कोई ऊब भी तो जाता है। आदमी हूँ, पत्थर नहीं। न सिनेमा, न तमाशा। गनीमत है कि इतना जोर डालने पर राधेबिहारी ने लड़के के मुण्डन पर मुजरा कराना मंजूर कर लिया। ओफ, कैसा कंजूस है; पैसा खर्चना ही नहीं चाहता। स्त्रियों के बैठने के लिए वहाँ प्रबंध है नहीं। फिर बहू के जानने न जानने से बनता-बिगड़ता क्या है?

जगमोहन ने जल्दी-जल्दी खाना खाया। बहू से कहा—"जरा दफ्तर के बाबू के यहाँ जा रहा हूँ। देर हो जाये तो तुम लोग सो रहना। बाहर ताला लगा जाऊँगा।"

नये कपड़े पहन कर ज़रूरत के लिए जेब में चार आने पैसा डाल कर जगमोहन घर से चल दिया। बाज़ार में आते ही इच्छा हुई, एक सिगरेट ले ले। पैसे में पासिंगशो का एक सिगरेट आता है, बीड़ियाँ बारह आती हैं लेकिन महफिल में बीड़ी पीते हुए जाना ठीक नहीं। अपने घर की बात दूसरी है। महफिल में सिगरेट ही पीना चाहिए और अच्छा सिगरेट पीना चाहिए। आबरू का खयाल रखना तो ज़रूरी है।

जगमोहन ने कैंची का एक सिगरेट ले लिया। सोचा—महफिल में सब बाबू लोग ही होंगे। कैंची का सिगरेट डेढ़ पैसे में आता है इसलिए तीन पैसे के दो लेने पड़ते हैं।[१] तीन पैसे एक साथ खर्चना फिजूल है। किसी मेहमान के लिए हो तो भी एक बात है। एक सिगरेट और एक पान ले लिया। दो पैसे खर्च कर दिये। रोज-रोज का खर्च थोड़े ही है ? एक दिन ऐसा भी सही।

जगमोहन पान चबाते और सिगरेट पीते हुए महफिल में पहुँचा। सब लोग आ चुके थे। एक ओर साजिन्दे और बाईजी बैठी थीं। केवल बड़े बाबू की प्रतीक्षा थी। बाईजी की ओर देखकर लोग राधेलाल पर फबतियाँ कस रहे थे। कोई पूछता—"कहो यार, चवन्नी पर ठहराया होगा! कोई कहता—"नहीं भाई, लाला के इनसे पुराने ताल्लुकात हैं!"

मतलब यह कि मुंडन की खुशी में मुजरे के लिए बुलायी गयी बाईजी उम्र से उतर चुकी थीं। रंग-रूप भी ऐसा-वैसा ही था। राधेलाल ने ढीठ

---

१. उन दिनों कैंची के सिगरेट की डिबिया साढ़े तीन आने में मिलती थी।

होकर कहा—"शक्ल से क्या होता है? हम गुण देखते हैं। जानते हो जानकीबाई तवे सी काली थीं!"

बड़े बाबू के आ जाने पर मुजरा शुरू हुआ। साजिन्दों ने साज मिलाये। बाईजी ने घुंघरू बाँधे और ताल पर हाथ-पैर हिलाने शुरू किये। किसी के भी दिल में स्पन्दन न हुआ। बाईजी ने रूखी-सी काँपती आवाज़ में गाना शुरू किया—

"पी के हम तुम जो झूमते चले मयख़ाने से···"

जगमोहन की बग़ल से किसी ने आवाज़ कसी—"वाह री, पैंतरा तो खूब लेती है?"

दूसरी आवाज आयी—"अजी पूरी पटेबाज है।"

किसी ने कहा—"अरे इसके हाथ में ढाल-तलवार दे दो, यह लीली घोड़ी का नाच अच्छा करेगी।"

यह सब कुछ बड़े बाबू के अदब से बहुत धीरे-धीरे कहा जा रहा था। बड़े बाबू दस-पन्द्रह मिनट तक मुजरा देखकर चले गये। उन्हें कुछ सर्दी की शिकायत थी। उनके चले जाने पर नौजवानों का मौका आया। बेधड़क आवाज़ें कसी जाने लगीं।

दर्शकों के असंतोष और विरोध का सामना बाईजी मुस्करा-मुस्कराकर कर रही थीं। महफिल को रिझाने के लिए उन्होंने कमर को और अधिक बल दिया। स्वर में 'दर्द' का पुट देने की चेष्टा की और सीने पर हाथ रख कर गाया—"गुज़र गया है ज़माना यार को गले लगाये हुए!"

बाईजी के रूखे गले से 'दर्द' पैदा न हुआ, निस्तेज आँखों में भाव न आया और न कमर ही बल खा सकी। तमाशबीन निराश होकर गुल करने लगे। उस गुल को दबा लेने और बाईजी को उत्साहित करने के लिए साजिन्दों ने खूब जोर से बजाया। बाईजी घुंघुरू बँधे पैरों को जोर-जोर से पटक कर और कमर को दायें-बायें हिला-हिलाकर गाती और नाचती रहीं पर बन नहीं पा रहा था। जान पड़ता था उनके पैर लड़खड़ा रहे हों।

किसी ने ताना दिया—"वाह रे राधेलाल, तुम भी चमड़े के मोल भैंस ले आये।"

आमंत्रितों के व्यवहार से राधेलाल को क्रोध आ रहा था। वह सोच रहा था, अच्छा-भला मुजरा हो तो रहा है। कोई गुल मचाये और न सुने तो क्या हो? एक तो वह जेब का पैसा खर्च करे दूसरे उन्हीं को उल्लू बनाया जाये। उसके लड़के का मुंडन था तो क्या हुआ।

राधेलाल को बाईजी पर भी क्रोध आ रहा था। साली मुजरा नहीं कर सकती थी तो आयी क्यों? हम जेब से पैसे निकाल कर देंगे, कोई मज़ाक थोड़े ही है। वह परेशान हो रहा था जैसे दर्शक और बाईजी दोनों ही उसे लूटने के लिए षड्यन्त्र किये बैठे हों।

बाईजी की साँस फूल गयी। उन्होंने एक बीड़ा और बड़ी-सी चुटकी तम्बाकू स्फूर्ति के लिए होंठों में दबाकर, अदा से बाँहें फैलाये, नये तर्ज से नयी चीज़ शुरू की—

"मिलना गले से गैरों के, हमसे बहानेबाजियाँ।
आये जब मेरे सामने, पर्दे में मुँह छिपा लिया।"

बाईजी के अरोचक, सूखे शरीर के गले लग जाने के संकेत और हाव-भाव से दर्शकों के शरीर में स्फूर्ति के स्पन्दन की अपेक्षा ग्लानि हुई और उससे महफिल में बढ़ने वाले शोर के कारण कुछ सुनना ही सम्भव न रहा।

जगमोहन को याद आ गया, एक बरस पहिले उसने एक नाच देखा था। सेठ जीतूमल के यहाँ नाच हुआ था। बड़े-बड़े आदमियों की भीड़ थी। कनातों की सांधों से जगमोहन ने वह नाच देखा था। कल्पना-सी सुन्दर वह परी, मानो वसन्त का पहला पुष्प नन्दन-कानन से लेकर महफिल में रख दिया गया हो। उसकी वह गर्व से उठी गर्दन, वे मस्तानी आँखें, वंशी से सुरीला स्वर! सुनते हैं, उसने एक रात के पाँच सौ लिये थे। नाच में मोहरें बरसी थीं। सुना था, नरगिस ने एक रात में एक हज़ार बना लिया था।

जगमोहन सोचने लगा—राधेलाल है एक कजूंस। साले ने पाँच रुपल्ली से एक कौड़ी ज्यादा नहीं खर्चा होगा। यहाँ कोई दुअन्नी दिवाल नहीं। बाईजी भरसक नाज़ और अदा से सबके सामने घूम-घूम गयीं पर

किसी ने जेब में हाथ न डाला बल्कि घृणा के स्वर में किसी ने कहा—"साली भुक्खड़ कहीं की!"

जगमोहन भी सोच रहा था, जब नाचते-गाते नहीं बनता तो यह यहाँ आयी क्यों? मजा बिगाड़ दिया। जब गाना नहीं जानती तो कोई रुपये क्यों देगा? तभी सहसा उसे ध्यान आ गया बड़े बाबू की धमकी का। उससे दो बार डिस्पैच के रजिस्टर में टिकटों का हिसाब ग़लत हो चुका था। बड़े बाबू ने मामला साहब के सामने पेश कर दिया और उन्होंने हुक्म दिया, अब ग़लती करे तो काम पर से हटा दो। तनख्वाह सही काम के लिए दी जाती है। जगमोहन कुछ सुस्त-सा पड़ गया और फिर खयाल आया बाईजी को गाने और नाचने के लिए पैसे मिलेंगे, पाँच रुपये।

जगमोहन समस्या को पैसों के हिसाब में सोचने लगा—एक सारंगीवाला है, एक मंजीरेवाला, एक तबलेवाला, एक हारमोनियम वाला और एक मशालची। कुल पाँच रुपये। एक रुपया भी तो नहीं पड़ेगा और फिर कौन रोज-रोज मुजरा कराता है! तिस पर इस बेचारी का मुजरा!

जगमोहन ने देखा बाईजी का गाना कोई नहीं सुन रहा था। सब लोग अपनी-अपनी गप-शप में लगे थे। सिर्फ राधेलाल कभी-कभी गुस्से से डाँट देता था—"अरे ठीक ढंग से गाओ!"

जगमोहन ने देखा बाईजी निढाल होकर भी गा रही थीं। उनकी आँखों में न मद था न मस्ती, बल्कि थी निराशा और कातरता। मानो वे दोनों हाथ फैला कर कह रही थीं—मैं तुम्हें रिझा रही हूँ, तुम रीझते क्यों नहीं? तुम्हारा मनोरंजन हो, तुम्हारा दिल बहले तो एक टुकड़ा हमें भी मिले। देखो, मैं सब कुछ करने को तैयार हूँ, तुम खुश हो जाओ। मैं तो तुम्हारा मन बहलाने के लिए जान लड़ाये दे रही हूँ; तुम खुश नहीं होते।

किसी ने ऊँचे स्वर में चिल्लाकर कहा—"राधेलाल, साली को एक पैसा मत देना! कब्र में पैर लटक रहे हैं, चली है मुजरा करने!"

दूसरी कई आवाज़ों ने इस राय की ताईद की—"हाँ, साली को कुछ नहीं मिलना चाहिए।"

जगमोहन सोचने लगा, लोगों को रिझाने की मेहनत करके बेचारी का यह हाल है··· और आगे क्या होगा? मेहनत करने पर भी कोई खुश न हो तो क्या किया जाय? ···साहब कैसे डाँट देते हैं—काम नहीं होता तो 'सैनेटोजन' खाया करो।

जगमोहन की नम आँखें बिजली के उज्ज्वल प्रकाश में चमक रही थीं। उसके सामने महफिल नहीं एक दूसरा ही दृश्य था—बाईजी चीथड़ों में लिपटी टीन का कटोरा लिये गली के कोने पर खड़ी, दुआ देकर चुटकी भर आटा माँग रही हैं। उनके चारों ओर मक्खियाँ भिनभिना रही हैं। लोग उस ओर से नज़र बचाकर वहाँ चले जा रहे हैं जहाँ ताजे गुलाब को लज्जित करने वाली नरगिस, सुगन्ध के बादलों में लिपटी नरगिस अपनी कटीली आँखें सैकड़ों दिलों के पार किये दे रही हैं, ···वह स्वर की लहरों पर थिरक रही है। वह नरगिस जो सैकड़ों बड़े लोगों का स्वप्न है, जो सैकड़ों धनाधीशों की कामना है, जिस नरगिस के खयाल में, उनके गाये पदों को अधमुँदी आँखों से गुनगुनाकर सहस्रों सभ्य पुरुष लम्बी-लम्बी साँसें खींचते रहते हैं।

गली में खोमचेवाले ने तीखे स्वर से पुकार लिया—"गुलाब वाली गण्डेरियाँ!"

जगमोहन ने सोचा—नरगिस है गुलाबवाली गण्डेरी जिसके दर्शन से ही शीतलता और स्फूर्ति मिलती है। यह बाईजी भी गण्डेरी है, परन्तु दाँतों में दबाकर चूसी जा चुकी है। अब उसमें रस कहाँ? अब उसका क्या दाम?

लोग उठ खड़े हुए। मुजरा बन्द करा दिया गया। राधेलाल क्रोध में थुथलाते हुए कह रहा था—"साली बड़ी कलावंत बनती थी। इसने दगा दिया हमको! एक पैसा नहीं मिलेगा।"

जगमोहन की जेब में साढ़े तीन आने और उँगली में ब्याह की अँगूठी थी। साजिन्दे राधेलाल को घेर कर उजरत के लिए झगड़ा कर रहे थे और बाईजी एक तरफ अन्धेरे में खड़ी हाँफती हुई आँचल से पसीना पोंछ रही थीं।

जगमोहन की आँखें डबडबा आयीं। करुणा के आवेश में विचार ठिकाने न रहे। उसने उँगली से अँगूठी खींचकर बाईजी के हाथ पर रख दी और चुपचाप अपने घर भाग गया।

बहू ने दूसरे दिन जगमोहन की उँगली खाली देखकर पूछा—"हाय, अँगूठी क्या हुई?"

जगमोहन ने झेंपते हुए उत्तर दिया—"कहीं गिर गयी।"

बहू ने शंका से पूछा—"कैसे?"

जगमोहन के पैर फिसल गये, कह दिया—"दे दी!"

"रात मुजरे में?"

"हाँ, पर वह बात नहीं। ···बहुत गरीब थी!"

बहू रोने लगी।

बहू कई दिन रोती रही—यह ऐसा करेंगे तो हमारा कौन ठिकाना है।

जगमोहन चाहता था, बहू को समझा सके। उसे गुंलाबवाली गण्डेरी और चूसी हुई गण्डेरी की बात समझा सके पर ठीक से कहते न बनता था···

●

कुछ समझ न सका

व्यास तस्वीर महल[1] के तालाब की सीढ़ियों पर खड़ा जल में पड़ती घने वृक्षों और संध्या के गुलाबी आकाश की परछाईं देख रहा था। व्यास के समीप खड़ी मिसेज़ जोशी की ओर देखे बिना ही मिस्टर जोशी ने गहरे विचार में घास पर चहलकदमी करते हुए पुकार लिया—''सुजला, अब चलोगी नहीं!''

सुजला ने पति का अभिप्राय व्यास तक पहुँचाने के लिए कुछ ऊँचे स्वर में पूछा—''अब चलियेगा भी!''

व्यास ने किसी विचार से चौंककर उत्तर दिया—''हाँ, मैं तो स्वप्न देखने लगा था।''

''कैसा स्वप्न?'' सुजला ने विस्मय से पूछा।

''यही कि मैं वाजिदअली शाह बन गया हूँ। इस तालाब की सीढ़ियों पर अप्सराओं-सी सुन्दर अनेक युवतियाँ… '' आँख उठाकर उसने मिसेज़ जोशी की ओर देखा। उनके चेहरे पर आती संकोच की लाली देखकर वह चुप रह गया।

---

१. लखनऊ की 'पिक्चर गैलरी'।

व्यास, नवाब वाजिदअली शाह बनने का स्वप्न अधूरा छोड़कर दोनों हाथों के अँगूठों से कोट की जेबों के किनारों पर बोझ डाले, जूतों को तस्वीर महल के आँगन की कोमल घास पर घसीटता हुआ सुजला के साथ चला जा रहा था। उसकी दृष्टि घने वृक्षों की संधियों से दिखाई देती पश्चिमी क्षितिज पर समाप्त होती, गहरी लाली की ओर थी। बसेरे के लिए अपने घोंसलों में बैठने से पूर्व कौओं की गोष्ठी का शब्द आकाश में गूँज रहा था परन्तु व्यास के मन की दृष्टि के सम्मुख सुजला के चेहरे पर वाजिदअली शाह और अप्सरा-सी सुन्दर युवतियों की चर्चा से फैल जाने वाली लाली और उसके कान में सुजला की कलफ लगी साड़ी की सरसराहट की गूँज भरी थी। तंग आस्तीन के म्यान में कसी सुजला की सुगोल बाँह केवल कुछ ही इंच दूरी पर थी। सुजला यदि अपनी बाँह से व्यास की बाँह का सहारा ले लेती तो व्यास अपना भाग्य नवाब वाजिदअली शाह से कम न समझता, परन्तु उसने उद्दण्डता से जैसी अश्लील बात शुरू कर दी थी, इससे वह कितनी नाराज हो गयी होगी।

सुजला के बायीं ओर चलते हुए जोशी अपनी ठेके की इमारत के विषय में सोच रहे थे, सीमेंट के दाम! ···हाँ, रेत किस अनुपात में मिला दी जा सकती है?

व्यास को स्वयं अपने प्रति क्रोध आ रहा था; वह सदा ही क्यों सुजला के सामने तीखी-कड़वी बात कह देता है। किसी के सहने की भी कोई हद होती है। अपने विचार से व्यास सोच-समझकर ही ऐसा करता आया है, इसलिए कि मिसेज़ जोशी के प्रति किसी प्रकार अनुराग या आकर्षण दिखाने से मिस्टर जोशी के यहाँ उसके लिए कोई स्थान न रह जायगा। सुजला भी यदि उसके मन में कभी-कभी उठने वाली कामना को जान पाये तो व्यास के प्रति उसका सब आदर क्या सहसा घृणा में नहीं बदल जायगा?

सुजला ने उस मौन के बोझ को दूर करने के लिए सहसा कह दिया—"लखनऊ के नवाबों को स्त्रियों की वे आहें ही तो ले मरीं!"

तालाब की सीढ़ियों पर अप्सरा-सी सुन्दर युवतियों के स्वप्न पर सुजला का यह ताना समझने में व्यास को अड़चन न हुई। सुजला स्त्रियों की स्वतन्त्रता और समान अधिकार की विशेष समर्थक है, यह व्यास खूब जानता था। स्वयं उसने ही इस विषय पर कितनी ही दलीलें और

तर्क समय-समय पर सुजला को सुझाये थे, परन्तु उस संध्या उसका भाव दूसरा ही था। सुजला जाने व अनजाने में, व्यास के हृदय में अपने रूप के आकर्षण से इच्छा की आग सुलगा देती थी और फिर अपने आदरपूर्ण निस्संकोच व्यवहार का पंखा डुला, उस आग में लौ निकाल कर व्यास को धधकने के लिए अकेला छोड़ देती थी। व्यास प्रतिहिंसा में खीझ उठा था।

व्यास ने सुजला के ताने का उत्तर दिया। दृष्टि क्षितिज से हटाये बिना ही उसने कहा—"ऐसा ही होगा परन्तु यदि मुर्गियों के शाप से मनुष्यों का सर्वनाश हो सकता तो यह पृथ्वी कभी की मनुष्यहीन हो गयी होती।"

सुजला का क्षोभ उबल पड़ा। व्यास के मुख की ओर घूरकर उसने कहा—"यानी स्त्रियों की बराबरी आप मुर्गियों से कर रहे हैं?"

अपने चेहरे पर सुजला की दृष्टि को अनुभव करके भी व्यास की आँखें क्षितिज की ओर ही लगी रहीं। वह अपने जूतों को भी घास पर उसी प्रकार घसीटता रहा, मानो आलस्य से सजग हो जाने लायक बात नहीं थी। अलसाये से ही स्वर में उसने उत्तर भी दिया—"नहीं, मुर्गियों से तो बराबरी ठीक नहीं। मुर्गियों में मस्तिष्क बहुत कम रहता है। वे शायद उतना अनुभव भी नहीं कर सकतीं। यह तो कहना ही पड़ेगा कि पुरुष के लिए उपयोगी जीवों में स्त्री का स्थान मुर्गी से ऊँचा है।"

सुजला ने खीझ में कुछ थुथलाकर कहा—"पुरुषों के अभिमान की हद है। अपने आपको वे न जाने क्या समझते हैं?"

मिस्टर जोशी को जैसे इस बहस से कुछ मतलब न था। अपनी ठेके की इमारत के हिसाब को सोचते चले जा रहे थे। सहसा टोककर उन्होंने पूछा—"हाँ व्यास, इंजीनियर रहमान से तो तुम्हारे असिस्टेंट (मातहत) रिज़वी का परिचय है न!"

सुजला की बात का जवाब शान्ति से दे सकने के लिए व्यास ने पहिले जोशी के प्रश्न का उत्तर दिया—"रहमान रिज़वी का बहनोई है। उससे जो भी काम हो, हो जायगा।" तब वह सुजला के उत्तेजित चेहरे की ओर एक दृष्टि डालकर और उससे कुछ भी विक्षिप्त हुए बिना बोला, "पुरुष जो कुछ हैं, उससे अधिक अपने आपको नहीं समझते। स्त्रियाँ

जो कुछ वे नहीं हैं, पुरुषों की दया से अपने आपको समझने का यत्न करती हैं।"

व्यास की इस चोट से सुजला लगभग आपे से बाहर होकर तड़प उठी। अपने आपको सँभालने के लिए शाल के भीतर दोनों बाँहों को अपने ब्लाउज पर दबाते हुए उसने कहा—"वाह साहब, इतना तो पुरुष स्त्रियों पर अत्याचार करते हैं तिस पर दया का इतना अभिमान भी है।"

व्यास ने एक और उड़ती हुई नजर सुजला की ओर डालते हुए उसी उपेक्षा के अलसाये ढंग से उत्तर दिया—"पुरुष स्त्रियों पर अत्याचार कुछ भी नहीं करते। केवल अपनी आवश्यकता के अनुसार उनका उपयोग करते हैं। पुरुषों के लिए उपयोगी होने के कारण ही स्त्रियों की कद्र है, उनका ध्यान रखा जाता है। जब स्त्री पुरुष की इच्छा या आवश्यकता की उपेक्षा करके केवल अपनी कद्र और खातिर करवाना चाहती है तो अलबत्ता स्त्री को ढंग पर लाने के लिए पुरुष को कुछ अनुशासन काम में लाना पड़ता है।"

क्रोध से सुजला के ओठ थिरक उठे परन्तु शब्द मुख से निकलने में अड़चन अनुभव हो रही थी। वह केवल इतना कह पायी—"स्त्री मानो पुरुष की सम्पत्ति हो!"

सुजला को इतनी चोट पहुँचाकर भी व्यास को संतोष न हुआ। उसने फिर कहा—"स्त्रियाँ पुरुषों की सम्पत्ति होने से इनकार भले ही करें परन्तु उन्हें अभिमान पुरुषों की सम्पत्ति और दासी होने का ही है। पतिव्रता और सती-साध्वी होने के अभिमान का मतलब और है क्या?"

बीच में टोककर जोशी ने कहा—"छोड़ो भी इस बहस को, कहाँ बैठी है आजकल ऐसी पतिव्रता?"

सुजला के क्रोध की अग्नि में घी पड़ गया। सहसा खड़ी होकर पति की ओर आग्नेय नेत्रों से घूरकर उसने धमकी के स्वर में कहा—"क्या, क्या मतलब तुम्हारा?"

जोशी ने कहकहे से सिर हिलाते हुए उत्तर दिया—"माफ करो भई, मैंने तो यों ही कह दिया।"

व्यास और सुजला भी जानती थी कि उसके क्रोध से जोशी को खीझ के बजाय संतोष और गर्व ही अनुभव हुआ।

व्यास ने अपनी बात हँसी में उड़ जाने दी। उसने फिर कहा—"पतिव्रता का मतलब है, जैसे हिन्दुस्तानी अपनी राजभक्ति करके रायसाहब[1] बनने का अरमान रखते हैं उसी तरह स्त्रियाँ भी पति की सम्पत्ति होने के अभिमान का दावा भी करती हैं।"

व्यास को इतना बक जाने से कुछ संतोष हुआ। वह मुस्करा देना चाहता था परन्तु सुजला के चेहरे पर क्रोध और गम्भीरता की छाप देखकर वह चुप रह गया। बातचीत में वे इमामबाड़े के सामने जाने वाली सड़क पार करके, घास पर चहल-कदमी करते हुए गोमती किनारे की सड़क पर आ पहुँचे थे। संध्या का अन्धकार छाने से पूर्व ही आकाश में त्रयोदशी का चन्द्रमा उज्ज्वल हो उठा था। कब सूर्य की अन्तिम किरणें लोप होकर चाँदनी ने उनका स्थान ले लिया, वह जान न पड़ा। वृक्षों के नीचे काली परछाईं और वायु की शीतलता से ही यह परिवर्तन दिखाई दिया।

जोशी बोले—"आहा, मौसम कितना अच्छा है?" और अपना लखनऊ का काम समाप्त करके नैनीताल में एक अच्छा ठेका मिल सकने की चर्चा शुरू कर दी। अरुचि होने पर भी व्यास को उस बातचीत में रुचि दिखानी पड़ रही थी। बहस से बचने के लिए वह हामी भरता जा रहा था। सुजला को आज उसने अधिक नाराज़ कर दिया है, इस बात का क्षोभ व्यास के मन को व्याकुल करने लगा।

लोहे के पुल के समीप आकर व्यास ने जोशी को सम्बोधन कर कहा—"यहाँ से आप लोग भी तो घर जायेंगे। क्यों न मैं भी एक टाँगा लेकर घर की राह लूँ?"

उत्तर दिया सुजला ने—"ऐसी क्या जल्दी पड़ी है आपको?" स्वर में झुँझलाहट के साथ अधिकार और मान भी था।

नदी की ओर से एक मल्लाह ने पुकार लिया—"नाव की सैर कीजियेगा हुजूर!"

"हाँ-हाँ" कहते हुए जोशी किराया तय करने के लिए घाट की ओर उतर गया।

---

१. अंग्रेजी शासन के समय राजभक्त लोगों को उनकी समाज-सेवा अथवा योग्यता के लिए रायसाहब की उपाधि दी जाती थी।

व्यास ने निरुद्देश्य दृष्टि से वृक्षों की चोटियों के ऊपर कहीं दूर कुछ ढूँढ़ते हुए धीमे स्वर में क्षमा-सी माँगी—"आप इतनी नाराज़ हो गयीं!"

सुजला ने स्वर में क्रोध का पुट कायम रखने का यत्न करते हुए नदी की ओर दृष्टि कर उत्तर दिया—"आप जानबूझ कर बातें ही ऐसी करते हैं।"

जोशी ने घाट से पुकारा—"यहाँ नाव पर आ जाओ।" और स्वयं आराम की जगह पर बैठ जाने के लिए वह मल्लाह की जगह को लाँघ कर नाव के सिरे के तख्ते पर बैठ गया। सुजला के उस ओर जाने के लिए कदम उठाने पर मल्लाह ने टोका, "हुजूर, उधर बोझ बढ़ जायगा।" वह बीच ही में खड़ी थी।

व्यास एक पैर से उचक कर नाव पर चढ़ आया। नाव के डगमगा जाने से घबराकर सुजला के मुख से हल्की-सी चीख निकल गयी और गिर जाने के भय से उसके दोनों हाथ व्यास के कंधे पर जा टिके। सुजला को सँभाल लेने के लिए व्यास के हाथ उठना ही चाहते थे, वह रुक गया और उसके ओठ दब गये। उसे याद आ गया एक दिन उसने किसी खयाल के बिना इस शर्त बदने के मौके पर सुजला से कह दिया था—"अच्छा मिलाओ हाथ।" सुजला ने पीछे सिकुड़ कर इनकार कर दिया—हाथ वह किसी से नहीं मिलाती।

गोमती का गंदला जल वायु के थपेड़ों से काँप रहा था। जल में चाँद की परछाईं काँप रही थी। व्यास की कल्पना में काँप रही थीं अगली-पिछली बातें। नदी पार तट पर के मकानों और झोपड़ियों की ओर संकेत क़रके सुजला ने कहा—"इन लोगों को तो यह सुन्दर दृश्य देखने की सुविधा सदा ही रहती है।"

"शायद उन लोगों ने कभी खयाल न किया होगा कि नदी सुन्दर है। चाँद का उपयोग उनकी दृष्टि में रात के समय बिना दिया-बत्ती के कुछ दूर तक देख पाने से अधिक नहीं है।" उपेक्षा से व्यास ने उत्तर दिया।

"हाँ, और क्या?" जोशी ने हामी भरी, "गरीब लोग इन सब बातों को नहीं देखते। सवाल सब पैसे का है।"

"पर पैसे वाले तो पैसे में ऐसे रम जाते हैं कि उसमें अपने आपको भी भूल जाते हैं।" सुजला ने भी कहा।

"ठीक वैसे ही," व्यास ने उसके मुँह की बात पकड़ते हुए कहा, "जैसे बहुत से नियम और धर्म मनुष्य के लिए बनाये गये हैं परन्तु उनके लिए मनुष्य अपने आपको ही निछावर कर देता है।"

"वाह साहब, यह कैसे?" सुजला ने शंका की।

"यह तो समझ पाने की बात है।" व्यास ने उत्तर दिया और मन में सोचा, क्या सचमुच सुजला समझ पायेगी? उसने सुजला की ओर देखा। उनकी आँखें चार हो गयीं। व्यास की दृष्टि नाव की तली पर झुककर नदी के जल की ओर गयी और फिर चन्द्रमा को देखने लगा।

जोशी बिना समझे ही व्यास का समर्थन कर रहा था—"यह धरम-वरम कुछ नहीं जी, सब खयाल है।"

इतने समीप से सुजला से चार आँखें हो जाने से व्यास के रक्त की गति तीव्र हो गयी। उसे सुजला की दृष्टि में गहराई जान पड़ी।

व्यास सुजला के प्रति अपने जिन विचारों के लिए अपराध और लज्जा अनुभव करके स्वयं को धिक्कारने लगता था, वे सहसा लहरा उठे। उसे सुजला की दृष्टि अपने चेहरे पर अनुभव हो रही थी। उसके शरीर में उत्साह की फुर-फुरी-सी आ गयी। सोचा, कायर तो वह स्वयं ही है। इच्छा हुई कि साहस कर, आँख भर कर सुजला की आँखों में देखे लेकिन इससे सुजला को संकोच होता। उसे ही मन भर देख लेने का अवसर दिये रहने के लिए वह मन मारकर अपनी दृष्टि इधर-उधर किये रहा। उसका रोम-रोम पुलकित होकर सुजला की ओर दौड़ रहा था।

नाव छतर-मंजिल की ऊँची इमारत की छाया में से होकर धीरे-धीरे आगे बढ़ रही थी।

सुजला चाँदनी रात में नदी के सौंदर्य को भरसक पी जाने का यत्न कर रही थी।

जोशी अंगुलियों से नाव के तख्ते पर ताल देता हुआ नैनीताल में नया ठेका पा सकने की बात सोच रहा था।

व्यास जीवन की मरुभूमि में हाँफता हुआ सहसा स्वच्छ मीठे जल का झरना देखकर जल पी लेने का साहस बाँध रहा था।

व्यास का विश्वास था कि भलामानुस योग्य पति और दो बच्चों को पाकर सुजला को संसार में किसी ओर देखने की क्या आवश्यकता है,

उसे दूसरे के अभाव को अनुभव करने की क्या ज़रूरत है? व्यास का यह विश्वास उस रात गोमती के चाँद की चाँदनी से रुपहले जल में घुल कर बह गया। ओठ दबा-दबाकर उसने सोचा और निश्चय किया—जो हो एक बार वह सुजला के यहाँ जोशी के घर न रहते जायगा; जब बच्चे अभी स्कूल से लौटे न हों।

जोशी सुबह आठ बजे काम पर जाकर बारह बजे लौटता था और फिर दो बजे जाकर संध्या छः बजे। व्यास धड़कते हृदय से, चार बजे के लगभग जोशी के घर पहुँचा। मकान के सामने पहुँचते ही दरवाज़े के भीतर सुजला की स्वागत में मुस्कराती आँखें दिखाई दे गयीं। व्यास ने कहा—"रिज़वी से इंजीनियर रहमान के सम्बन्ध में बातचीत की थी। भाई साहब को रिज़वी के साथ ले जाकर रहमान से मिला दूँ तो ठीक रहेगा। क्या लौटे नहीं?"

सुजला ने कहा—"तो आप बैठिये तो, आपके भाई आ जायेंगे। अक्सर पाँच-छः बजे आते हैं। जल्दी भी आ जाते हैं। आपके लिए चाय बनवाऊँ?"

"नहीं-नहीं, मुझे चाय की आदत नहीं है पर भाई साहब के आने में तो अभी देर है।" सोफा पर बैठते हुए व्यास ने कहा।

"आप बैठिये तो," कहकर सुजला बगल के कमरे में चली गयी। तुरन्त ही लौट कर उसने पूछा, "फिर आपके लिए क्या मँगाया जाय?" वह दूसरी ओर निकल गयी। पल भर में आयी और फिर चली गयी मानो वह कुछ व्यस्त थी।

"अब मैं अकेला क्या बैठूँ।" व्यास ने साहस कर शिकायत के स्वर में कहा। उसका शरीर कण्टकित हो रहा था। शब्द मुख से इतने धीमे निकले कि जैसे गले में काँटे भरे हों।

"क्या कहा आपने?" सुजला ने भवें चढ़ाकर लज्जा भरी मुस्कान से पूछा और समीप की कुर्सी पर बैठ गयी।

"कुछ नहीं।" व्यास ने उत्तर दिया, "आप काम में व्यस्त हैं। मैंने आकर आपके काम में विघ्न डाल दिया।"

"नहीं तो।" गर्दन हिलाकर सुजला ने कहा, "खास काम तो मुझे इस समय कुछ नहीं। ऐसे ही कपड़े सहेज रही थी।"

व्यास ने सुजला के गहरे गेहुआँ रंग पर छा गयी हल्की लालिमा से समझा सुजला समझ रही है। वह स्वयं रक्त का वेग अनुभव कर रहा था। दोनों हाथों से अपना सम्पूर्ण साहस बटोर कर उसने कहा—"आप कुछ नाराज़ हैं?"

सुजला ने अपनी बड़ी-बड़ी फैली हुई आँखें उसकी ओर उठाकर कहा—"नहीं तो, नाराज़ तो आप ही हो जाते हैं।"

"तो फिर आप वहाँ इतनी दूर क्यों बैठी हैं?"

सुजला ने अपनी कुर्सी को खींच कर सोफा से बिल्कुल सटाते हुए मुस्करा कर कहा—"लीजिये, बस!"

व्यास फिर चुप रह गया।

सुजला ने पूछा—"अब आप चुप क्यों हैं?"

व्यास का मन जिस बात के लिए व्याकुल हो रहा था, वह मुख से कहने की न थी पर व्यास आवेग को वश में भी नहीं कर पा रहा था। अपने साहस से कुछ क्षण भयंकर संग्राम कर उसने सहसा अपनी दोनों बाँहें सुजला के गले में डाल दीं। उसके मुख की ओर वह अपना मुख ले जा रहा था कि सुजला काँप उठी जैसे बिजली का तार छू गया हो।

व्यास की बाँहें ढीली पड़ गयीं। झटका खाकर उसने सुजला के मुख की ओर देखा। सुजला की आँखों से दो बड़े-बड़े आँसू गालों पर टपक पड़े।

व्यास पीछे हट गया। सोफे की बाँह को अपने पंजे में जकड़ते हुए उसने अपने ओठ दबाकर एक क्षण कुछ सोचा और लम्बे कदम रखता हुआ मकान के बाहर निकल चला गया।

पिछली संध्या से व्यास अपने पलंग पर पड़ा था, कम्पनी की नौकरी के बहुत जरूरी काम से भी वह उठ न सका। ग्लानि और आत्म-तिरस्कार के भाव से मर जाने की इच्छा हो रही थी। वह सोच रहा था, स्वयं पापी और नीच था ही परन्तु दूसरे के निर्दोष स्नेह को भी उसने पाप की वासना समझ लिया।

व्यास के पहाड़ी नौकर ने अनुमान किया, साहब की तबीयत खराब है। वह दूसरे कमरे में बैठा रहा। एक बार साहस कर वह भीतर आया और पूछा—"बाबूजी, कोई दवा लाना होगा?"

व्यास ने हाथ के इशारे से इनकार कर नौकर को बाहर चले जाने का संकेत कर दिया। नौकर ने दोपहर में पूछा कि दूध गरम कर दे, उसे फिर पहले का-सा संकेत मिला। वह लौट गया, व्यास छत की ओर देखता माथे पर हाथ रखे पड़ा रहा। केवल तिपाई पर पड़ी टाइमपीस की सुइयाँ उसे समय के बीतने की बात बता रही थीं। उसका मातहत रिज़वी आया तो उसे भी बाहर से लौट जाना पड़ा।

लगभग सूर्यास्त के समय व्यास को आहट से जान पड़ा कि बाहर कोई आगन्तुक नौकर से कुछ पूछ रहा है। कुछ समझ सकने से पहले ही ऊँचे स्वर में डाँट सुनाई दी—"क्यों बे मक्कार!"

व्यास को कोई सन्देह न रहा, आवाज जोशी की थी। एक क्षण के सौवें भाग में सब सम्भावनाएँ व्यास के मस्तिष्क में नाच गयीं। सुजला ने रोकर उसके पाप-कृत्य की शिकायत जोशी से की होगी। जोशी अपने अपमान का बदला लेने आया है।

भय के आक्रमण ने आत्म-ग्लानि और पश्चात्ताप के भाव को दबा दिया। व्यास पलंग पर लेटे-लेटे मर जाने के लिए तैयार नहीं था।

व्यास ने पिछले साम्प्रदायिक दंगे के दिनों में, आस-पास की विरोधी बस्ती के आतंक से, एक छुरी लाकर रख ली थी। अभ्यास के अनुसार वह छुरी अब भी उसके तकिये के नीचे पड़ी रहती थी। व्यास छुरी ले लपक कर कमरे के कोने में जा खड़ा हुआ था।

"पन्द्रह मिनिट के लिए इन्तजार नहीं हो सकता था! ऐसे भागकर चला आया!" कमरे के बाहर से जोशी की ललकार सुनाई दी।

व्यास समझ पाने का यत्न कर रहा था। उसी समय जोशी के आगे-आगे सुजला ने चंचल कदमों से कमरे में प्रवेश किया।

सुजला हँसती हुई कह रही थी—"वह तो चाहते हैं, दुनिया इनकी खुशामद करे। हर बात में यह दूसरों से ही खुशामद करवाना चाहते हैं। क्यों साहब, रूठना आपको बहुत अच्छा आता है?"

व्यास तब भी कुछ समझ न सका।

दुःख का अधिकार!

मनुष्यों की पोशाकें उन्हें विभिन्न श्रेणियों में बाँट देती हैं। प्रायः पोशाक ही समाज में मनुष्य का अधिकार और उसका दर्जा निश्चित करती है। वह हमारे लिए अनेक बन्द दरवाज़े खोल देती है परन्तु कभी ऐसी भी परिस्थिति आ जाती है कि हम ज़रा नीचे झुक कर समाज की निचली श्रेणियों की अनुभूति को समझना चाहते हैं। उस समय यह पोशाक ही बन्धन और अड़चन बन जाती है। जैसे वायु की लहरें कटी हुई पतंग को सहसा भूमि पर नहीं गिर जाने देतीं उसी तरह खास परिस्थितियों में हमारी पोशाक हमें झुक सकने से रोके रहती है।

बाज़ार में, फुटपाथ पर कुछ खरबूजे डलिया में और कुछ जमीन पर बिक्री के लिए रखे जान पड़ते थे। खरबूजों के समीप एक अधेड़ उमर की औरत बैठी रो रही थी। खरबूज़े बिक्री के लिए थे परन्तु उन्हें खरीदने के लिए कोई कैसे आगे बढ़ता? खरबूजों को बेचने वाली तो कपड़े से मुँह छिपाये सिर को घुटनों पर रखे फफक-फफक कर रो रही थी।

पड़ोस की दूकानों के तख्तों पर बैठे या बाज़ार में खड़े लोग घृणा से उसी स्त्री के सम्बन्ध में बात कर रहे थे। उस स्त्री का रोना देख कर मन

में एक व्यथा-सी उठी पर उसके रोने का कारण जानने का उपाय क्या था? फुटपाथ पर उसके समीप बैठ सकने में मेरी पोशाक ही व्यवधान बन खड़ी हो गयी।

एक आदमी ने घृणा से एक तरफ थूकते हुए कहा—"क्या ज़माना है! जवान लड़के को मरे पूरा दिन नहीं बीता और यह बेहया दूकान लगा के बैठी है।"

दूसरे साहब अपनी दाढ़ी खुजाते हुए कह रहे थे—"अरे जैसी नीयत होती है अल्ला भी वैसी ही बरक्कत देता है।"

सामने के फुटपाथ पर खड़े एक आदमी ने दियासलाई से कान खुजाते हुए कहा—"अरे, इन लोगों का क्या है? यह कमीने लोग रोटी के टुकड़े पर जान देते हैं। इनके लिए बेटा-बेटी, खसम-लुगाई, धर्म-ईमान सब रोटी का टुकड़ा है।"

परचून की दूकान पर बैठे लालाजी ने कहा—"अरे भाई, उनके लिए मरे-जिये का कोई मतलब न हो पर दूसरे के धर्म-ईमान का तो खयाल करना चाहिए! जवान बेटे के मरने पर तेरह दिन का सूतक होता है और वे यहाँ सड़क पर, बाजार में आकर खरबूजे बेचने बैठ गयी है। हज़ार आदमी आते-जाते हैं। कोई क्या जानता है कि इसके घर में सूतक है। कोई इसके खरबूजे खा ले तो उसका ईमान-धर्म कैसे रहेगा? क्या अंधेर है?"

पास-पड़ोस की दूकानों से पूछने पर पता लगा—उसका तेईस बरस का जवान लड़का था। घर में उसकी बहू और पोता-पोती है। लड़का शहर के पास डेढ़ बीघा भर जमीन में कछियारी करके परिवार का निर्वाह करता था। खरबूजों की डलिया बाजार में पहुँचा कर कभी लड़का स्वयं सौदे के पास बैठ जाता, कभी माँ बैठ जाती।

लड़का परसों के रोज सुबह मुँह-अँधेरे बेलों में से पके खरबूजे चुन रहा था। गीली मेड़ की तरावट में विश्राम करते हुए एक साँप पर लड़के का पैर पड़ गया। साँप ने लड़के को डस लिया।

लड़के की बुढ़िया माँ बावली होकर ओझा को बुला लायी। झाड़ना-फूँकना हुआ। नागदेव की पूजा हुई। पूजा के लिए दान-दक्षिणा चाहिए। घर में जो कुछ आटा और अनाज था, दान-दक्षिणा में उठ गया। माँ, बहू और बच्चे 'भगवाना' से लिपट-लिपट कर रोये पर भगवाना जो एक दफे

चुप हुआ तो फिर न बोला। सर्प के विष से उसका सब बदन काला पड़ गया था।

जिन्दा आदमी नंगा भी रह सकता है परन्तु मुर्दे को नंगा कैसे बिदा किया जाय? उसके लिए तो बजाज की दूकान से एक नया कपड़ा लाना ही होगा; चाहे उसके लिए माँ के हाथों की छन्नी-ककना ही क्यों न बिक जायें!

भगवाना परलोक चला गया। घर में जो कुछ चूनी-भूसी थी तो उसे बिदा करने में चली गयी। बाप नहीं रहा तो क्या। लड़के सुबह उठते ही भूख से बिलबिलाने लगे। दादी ने उन्हें खाने के लिए खरबूजे दे दिये लेकिन बहू को क्या देती? बहू का बदन बुखार से तवे की तरह तप रहा था। अब बेटे के बिना बुढ़िया को दुअन्नी-चवन्नी भी कौन उधार देता।

बुढ़िया रोते-रोते और आँखें पोंछते-पोंछते भगवाना के बटोरे हुए खरबूजे डलिया में समेट कर बाज़ार की ओर चली—और चारा ही क्या था?

बुढ़िया खरबूजे बेचने का साहस करके आयी थी परन्तु सिर पर चादर लपेटे, सिर को घुटनों पर टिकाये हुए फफक-फफक कर रो रही थी।

कल जिसका बेटा चल बसा, वह बाज़ार में सौदा बेचने चली है, हाय रे पत्थर का दिल!

उस पुत्र-वियोगिनी के दुःख का अन्दाजा लगाने के लिए पिछले साल अपने पड़ोस में पुत्र की मृत्यु से दुःखी माता की बात सोचने लगा। वह सम्भ्रांत महिला पुत्र की मृत्यु के बाद अढ़ाई मास तक पलंग से उठ न सकी थीं। उन्हें पन्द्रह-पन्द्रह मिनिट बाद पुत्र वियोग से मूर्च्छा आ जाती थी और मूर्च्छा न आने की अवस्था में आँखों से आँसू न रुक सकते थे। दो-दो डॉक्टर हरदम सिरहाने बैठे रहते थे। हरदम सिर पर बरफ रखी जाती थी। शहर भर के लोगों के मन उस पुत्र-शोक से द्रवित हो उठे थे।

जब मन को सूझ का रास्ता नहीं मिलता तो बेचैनी से कदम तेज हो जाते हैं। उसी हालत में नाक ऊपर उठाये, राह चलतों से ठोकरें खाता मैं चला जा रहा था। सोच रहा था—

शोक करने, ग़म मनाने के लिए भी सहूलियत चाहिए और··· दुखी होने का भी एक अधिकार होता है?

●

पराया सुख

आकाश घने बादलों से घिरा था। सूर्योदय हो गया है या नहीं, जान नहीं पड़ता था। पानी भरी ठंडी हवा कुछ तेजी से बह रही थी। पठानकोट स्टेशन के मुसाफिरखाने में बैठे हुए पहाड़ जाने वाले यात्री, कपड़ों में लिपट-लिपट कर बसों के चलने के समय की प्रतीक्षा कर रहे थे। बसों के ड्राइवर मुसाफिरों की तलाश में इधर-उधर घूम रहे थे। जितनी चिन्ता मुसाफिरों को आने-जाने की थी, उससे कहीं अधिक चिन्ता इन ड्राइवरों को मुसाफिरों को उनके घर पहुँचा देने की थी।

स्टेशन के लम्बे-सूने प्लेटफार्म पर कभी कोई रेलवे कुली नज़र आ जाता था। मिस्टर सेठी मोटा गरम सूट और ओवरकोट पहने दायीं ओर प्लेटफार्म के किनारे बँधी पत्थर की पटिया पर टहल रहा था। उसके गरम कपड़ों को वेध कर शरीर को छू लेने की ताब पहाड़ी ठण्डी हवा को न थी। वह केवल उसके चेहरे और सिर के बालों को ही सहला रही थी। वायु की यह शीतलता, जो सैकड़ों मुसाफिरों के प्राण खींचे ले रही थी, सेठी को स्फूर्ति दे रही थी। इस शान्ति में वह स्वयं अपने ही भीतर समा जाने का यत्न कर रहा था।

बसों के ड्राइवर अपने गाहक मुसाफिरखाने में ढूँढ़ रहे थे। कारों के ड्राइवर डरते-डरते स्टेशन के वेटिंग-रूम की जालियों से अपने ग्राहकों को भाँप रहे थे। एक ड्राइवर ने सेठी को अदब से सलाम करके कहा—"हुजूर, बहुत कम्फर्टेबल गाड़ी है।"

सेठी ने उसकी बात का जवाब नहीं दिया। वह ठण्डी वायु का आनन्द ले रहा था। उत्तर देकर अपनी शान्ति भंग करने की ज़रूरत नहीं थी। उसके सामने गाड़ी में जगह न मिलने का सवाल न था। उसे गाड़ी में जगह ढूँढ़ने की ज़रूरत ही नहीं थी। गाड़ियाँ उसके पीछे-पीछे फिरती हैं। ड्राइवर दूर खड़ा होकर साहब के उत्तर की प्रतीक्षा कर रहा था परन्तु सेठी का ध्यान उस ओर न गया।

सेठी ने देखा, जनाना वेटिंग रूम का दरवाजा खुला। एक युवती लम्बा काला कोट और सफेद साड़ी पहने निकली। उँगली पकड़े हुए एक डेढ़-दो बरस का बालक साथ था। युवती उस सूने प्लेटफार्म के दूसरी ओर को चल दी।

सेठी के मन में स्त्री और बालक को देखकर अचानक एक विचार उठ आया। बच्चे को उँगली थामकर पूर्व की ओर मुख किये चली जाती वह युवती उसे सफल जीवन का रूप जान पड़ी। उसे अपना जीवन निष्प्रयोजन जान पड़ता था—निरुद्देश्य-सा; वायु में उड़ते हुए मेघ के एक आवारा टुकड़े की भाँति। उसे युवती का जीवन एक सजल मेघ की भाँति लगा; जो बरस कर फसल से भरे श्यामल खेत पर छा रहा था। उस बालक की छोटी-छोटी गुदगुदी टाँगें, लटपटी चाल, माँ की उँगली से लटके-लटके चलना, माँ की संतुष्ट गम्भीर और स्थिर गति पण्य से लदी हुई नौका की भाँति थी जो गम्भीर चाल से चली जाती है।

सेठी ने लालटेन के खम्भे के सहारे पीठ टिका ली और माँ-बच्चे, युवती-बालक की जोड़ी की ओर देखता रहा। स्टेशन की इमारत की दूरी तक जा कर युवती लौट पड़ी। लौटते समय उसने दायें हाथ की उँगली छुड़ाकर बालक को बाँयें हाथ की उँगली थमा दी और वह सेठी की ओर आने लगी। बालक लता से लटके फल की तरह अपना जीवन युवती से ले रहा था। समीप आती युवती का चेहरा और बालक की आकृति सेठी की दृष्टि में स्पष्ट हो रही थी। युवती का गोरा रंग, पतला छरहरा बदन, स्वास्थ्य की झलक, बड़ी-बड़ी आँखें, बालक की छोटी-सी नाक, गोल-गोल

आँखें, फूले हुए गाल, चेहरे पर खून की ताजगी यह सब सेठी को चश्मे के मोटे-मोटे शीशों की राह दिखाई दे रहा था। सेठी ताजी वायु की शीतलता से शान्ति लाभ करने की बात भूल गया।

कार के ड्राइवर ने मेम साहब को सलाम करके संक्षेप में कुछ पूछा। उसके बाद एक बस ड्राइवर ने उसे सलाम कर बात की।

सेठी कारोबारी आदमी है। वह समझ गया कि मेम साहब सस्ती और अच्छी सवारी की तलाश में हैं। बस सात बजे से पहले सफर नहीं कर सकती परन्तु कार के लिए कोई बन्दिश नहीं है। बस के मुसाफिर प्रतीक्षा कर रहे थे क्योंकि उनके लिए अभी सड़क बन्द थी। कारों के मुसाफिरों के लिए ड्राइवर प्रतीक्षा कर रहे थे क्योंकि साहब लोगों को जल्दी नहीं थी। सेठी के मन में खयाल आया। वह लालटेन के खम्भे का आसरा छोड़कर सीधा खड़ा हो गया और उसने ड्राइवर की ओर देखा। ड्राइवर दौड़ कर आ गया और दूसरी बार सलाम किया।

सेठी ने पूछा—"गाड़ी ठीक है?"

"हुजूर, बिल्कुल न्यू। आस्टिन सैलून।"

"अच्छा।"

"हुजूर, और सवारी तो नहीं बैठेगी?"

"नहीं, एकदम जायगा। तुमको कुछ पैसा बनता है तो एक सवारी बैठा सकता है।"

ड्राइवर ने और भी लम्बा सलाम किया।

वेटिंग रूम से सेठी का सामान निकला। तीन सूटकेस और एक बड़ा होल्डाल, दो छोटे अटैची केस। ड्राइवर ने तुरन्त जाकर मेम साहब को सलाम बोला और फोकट की एक सवारी का सौदा सस्ते में कर लिया।

सेठी यह देख रहा था। मेम साहब का संक्षिप्त-सा सामान भी निकला। केवल एक सूटकेस और होल्डाल। बच्चे को लेकर वे भी सेठी के पीछे-पीछे कार की ओर चलीं। सेठी पीछे बैठने के बजाय ड्राइवर के साथ आगे बैठ गया। मेम साहब और उनका बालक पीछे की सीट पर आराम से बैठे।

कार ठण्डी हवा को चीरती हुई दौड़ चली। सेठी अपनी पीठ के पीछे एक मौजूदगी अनुभव कर संतोष पा रहा था। पूरी गाड़ी का

किराया भरने के बावजूद उसे अगली तंग सीट पर बैठना नागवार न था। सामने तेजी से दौड़ते हुए वृक्षों और सड़क के किनारे के मकानों को देखकर मेम साहब का बालक अगली सीट को पकड़ कर कूद रहा था। उसके इस उत्पात से कभी सेठी की टोपी हिल जाती, कभी यह उसकी बाँह में सिर मार देता।

बालक की इस धृष्टता के कारण उसकी माँ को संकोच हो रहा था। उसने कई दफे बालक को शांत रहने के लिए कहा, मीठी धमकी दी परन्तु उससे सेठी और माँ दोनों को ही हँसी आ गयी। बालक कूद कर अगली सीट पर पहुँच जाना चाहता था। सेठी ने पीछे घूम, बच्चे को उठाकर अपनी गोद में बैठा लिया। बालक के मांसल, पुष्ट, कोमल देह के स्पर्श से उसके शरीर में एक अद्भुत स्फूर्ति अनुभव हुई। एक नवीन अनुभूति ने उसके मन को घेर लिया।

सेठी को अब तक बड़े यत्न और संघर्ष से सफल बनाया हुआ अपना जीवन सहसा असफल और निष्प्रयोजन-सा जान पड़ने लगा। वह बालक के मुख की ओर देख रहा था। उसे अपने जीवन में एक बहुत बड़ा अभाव अनुभव हो रहा था।

मोटर के सामने दौड़ते हुए दृश्य में सेठी को अपने जीवन की कहानी सिनेमा के दृश्य की तरह दौड़ती दिखाई देने लगी।

पिता के देहान्त के कारण एफ० ए० में पढ़ाई छोड़ने के लिए मजबूर हो जाना, जीविका का कोई उपाय न पाकर जगह-जगह भटकना, एक ठेकेदार के यहाँ बीस रुपये माहवार पर चौबीस घण्टे हड्डीतोड़ परिश्रम··· दूसरे ठेकेदारों का काम ठेके पर कराना और बड़ा ठेकेदार बन जाना, एक के बाद दूसरा ठेका। जिस रुपये के लिए उसे दर-दर मारा-मारा फिरना पड़ा था, वही रुपया हज़ारों-लाखों की तादाद में उसके हाथों से आने-जाने लगा। रेल के पुल के ठेके में एकमुश्त ढाई लाख का मुनाफा···।

सेठी ने जीवन में एक चीज़ रुपये को पहचाना था। रुपये की चाह में उसने दिन को दिन और रात को रात न समझा था। आज वह लखपती है। अपनी कमाई के बल पर बड़ी से बड़ी कम्पनियों में उसके हिस्से हैं। जेब में पड़ी इम्पीरियल बैंक की चार अंगुल चौड़ी चेक-बुक पर कुछ अंक लिखकर दस्तखत कर देने से वह क्या नहीं कर सकता!

लेकिन इस बीच रुपये के अतिरिक्त उसने क्या पाया? ···रुपये से क्या नहीं पाया जा सकता! सेठी के सैकड़ों सम्बन्धी, जिन्हें वह पहचानता नहीं, पहचानने की ज़रूरत भी नहीं समझता, उसके नाम से अपना परिचय देते हैं। स्नेह से भरा हृदय लेकर उसकी ओर दौड़ते हैं। सम्मान की उसके लिए कमी नहीं है। राजनैतिक और सामाजिक संस्थाएँ उसे अपना संरक्षक और सभापति बनाने के लिए व्याकुल हैं परन्तु इस सबसे उसे क्या मिलता है ?

सेठी को घेर कर प्रेम और प्रणय के कितने ही अभिनय हो चुके थे। उन लजीली और मुग्ध आँखों में उसे केवल रुपये का लोभ दिखाई दिया; उसे फँसाने का यत्न। यह सब देख कर वह भीगी मक्खी क्योंकर निगल जाता ? उसे किसी ने आकर्षित नहीं किया। वह उन्हें गुड़ की भेली पर मँडराने वाली मक्खियों और ततइयों की तरह हँका देता था। उसका लक्ष था, रुपया!

रुपये की आज उसे कमी नहीं फिर भी वह और कमाता है। रुपये को बढ़ाना बस यही उसके जीवन का उद्देश्य है। रुपया अब उसकी ओर यों बहता है जैसे बरसात में छोटे-मोटे नाली-नालों का पानी स्वयं नदी में आकर इकट्ठा हो जाता है। उसके द्वारा तैयार की हुई व्यवस्था में बीसियों जगह हज़ारों आदमी परिश्रम करते हैं और रुपया पैदा करते हैं और वह रुपया व्यवस्था की नालियों में बहकर सेठी के हिसाब में पहुँच जाता है। सेठी का काम धन और रुपया बहाकर लाने के लिए नयी नालियाँ तैयार करना है।

सेठी का कोई विशेष खर्च नहीं था। उसे कोई शौक नहीं था। अकेला आदमी खर्च किस बात पर करे! उसका व्यक्तिगत खर्च हज़ार-बारह सौ माहवार से अधिक नहीं था। सुख की ओर कभी उसका ध्यान ही नहीं गया परन्तु आज अचानक ठण्डी हवा की फरफराहट से शान्त मस्तिष्क में इस एक नयी अनुभूति, अभाव का अनुभव उसे हुआ।

बालक अपने जूते सेठी के बढ़िया कोट पर रखे खड़ा था। मोटर के बरफ के समान ठण्डे काँच पर हाथ रख कर, काँच पर अपना मुँह चिपका कर खुशी से किलकिला रहा था। उसके पैरों से रौंदे जाने में सेठी को सुख अनुभव हो रहा था। उसकी आँखें आर्द्र हो गयीं। उसके मुख का एक कोना भीतर को खिंच गया। वह एकटक दृष्टि से उस बालक

की व्यस्तता को देखता रहा। पीठ पीछे कानों के पास उसे एक उपस्थिति, एक व्यग्र वात्सल्यमय उपस्थिति अनुभव हो रही थी जो वृक्ष की छाया के समान व्यापक और वृक्ष को जन्म देने वाले फूल के समान आकर्षक थी; जो सन्तान के सिर पर रक्षा और धैर्य का हाथ रखती है और पुरुष के हृदय में इच्छा का तीर मार देती है; जिसकी मुस्कराहट सतरंगा धनुष बना देती है; जिसमें प्रणय का कटाक्ष, रक्षा का आश्वासन, आशीर्वाद की छाया, वासना की झिलमिल सभी एक साथ शामिल है; इस प्रकार का एक चुम्बक उसे ऊपर की ओर गोद में पकड़े हुए बालक का आकर्षण नीचे की ओर खींच रहा था। सेठी एक नये अनुभव से कुछ भूला सा, कुछ खोया सा मग्न था। एक विद्युत्-सी उसके शरीर को विचलित किये हुए थी।

मोटर पहाड़ी सड़क पर चढ़ती जा रही थी और ठण्डक बढ़ती जा रही थी। बादल घने होते जा रहे थे। हवा पानी के बोझ से भारी थी। मोटर के काँच पर पानी जम-जम कर बूँदें बह रही थीं। काँच पर धुन्ध साफ करने वाला यंत्र लगातार ड्राइवर के सामने के भाग को साफ कर रहा था और बालक उसे पकड़ लेने के लिए उत्सुक था। सेठी उसकी भरी हुई गोल बाँहों को रोके हुए था। उन्हें छोड़ देने को उसकी तबीयत न चाहती थी। बालक ने उलट कर सेठी की ओर देखा। सेठी की नेकटाई पर नग जड़े पिन ने उसका ध्यान आकर्षित किया। वह उसे खींचने का यत्न करने लगा। पिन उतार कर सेठी ने उसके कोट पर लगा दिया। मोटर में पहरने की उसकी शरबती रंग की अजीब-सी बड़ी ऐनक बालक के मुँह पर पहुँच गयी। ऐनक में उसका आधा चेहरा छिप गया। उस ऐनक के शीशों में सेठी को प्रतिबिम्ब दिखाई दिया। पिछली सीट पर बैठी माँ ओठों पर उँगली रख बालक को शांत रहने का संकेत कर रही थी। सेठी ने पीछे घूम कर माँ की ओर देख कर सिफारिश में कहा—"इट इज़ आल राइट, कोई बात नहीं।" उसके ओठों पर एक करुण मुस्कराहट थी। माँ का हृदय पिघल गया।

ड्राइवर ने मोटर की चाल धीमी कर दी और मुआफी माँगने के स्वर में बोला—"हुजूर, ऊपर बहुत जोर से पानी बरस रहा है, कोहरा बहुत घना है।"

सेठी ने उत्तर दिया—"कोई फिक्र नहीं। धीरे चलो।"

पहाड़ के ऊपरी भाग में बरसने वाला पानी बह-बह कर सड़क के किनारे झरने बना रहा था। मोटर सड़क पर बहते पानी को चीरती, फव्वारे की तरह हवा में पानी उड़ाती घूम-घूम कर ऊपर ही ऊपर चढ़ती जा रही थी। साइन्स के चिराग को रगड़ कर वश में किया हुआ यह मोटर का दैत्य पहाड़ की सख्त चढ़ाई, बादलों के कोहरे और बौछारों की परवाह न कर सेठी, बालक और महिला को उठाये ऊपर चढ़ता ही जा रहा था।

दो घण्टे तक लगातार चलकर वे 'अधमार्ग' के डाक बंगले में पहुँच गये। मोटर घूमकर एक बंगले के हाते में पहुँची और ड्योढ़ी में जाकर खड़ी हो गयी। बंगले के हाते के बाहर अनेक यात्री टीन और फूस की छतों के नीचे आधे भीगते हुए बैठे थे। पहाड़ों में बोझा ढोने वाले बैल और खच्चर जहाँ-तहाँ पानी में भीगते, भयातुर दृष्टि से मनुष्यों की ढीली-ढाली और उत्साहहीन चालढाल को देख रहे थे। यात्री बादल और सरकारी हुक्म की प्रतीक्षा कर रहे थे और उनके पशु उनके निर्णय की। रात भर जोर की बारिश के कारण ऊपर सड़क पर दो जगह पहाड़ गिरकर सड़क रुक गयी थी। मुसाफिरों को आगे जाने का हुक्म नहीं था।

ड्राइवर ने मोटर का दरवाजा खोला। सेठी उतरा। बालक सेठी की उँगली पकड़े हुए था। उसके पीछे मेम साहब उतरीं। डाक बंगले के चपरासी और खानसामा ने कार को देखकर सलामी दी। वर्दी पहने खानसामा ने निहायत अदब से नाश्ते के लिए पूछा। सेठी ने कहा—"हाँ।"

मेम साहब बच्चे के लिए पिटारी में दूध की बोतल लिये थीं। अपने लिए उन्हें खास ज़रूरत न थी। साठ रुपया महीना पाने वाली स्कूल मास्टरानी को डाक बंगले में नाश्ता करने की आदत नहीं होती। बरामदे की एक आरामकुर्सी पर बैठ कर मेम साहब ने सेठी की ओर देखे बिना बल्लू (बालक) को आकर दूध पी लेने के लिए कहा।

सेठी ने मेमसाहब की ओर देखे बिना कहा—"बल्लू गरम दूध पियेगा?"

नाश्ता मेज पर रखा जाने के बाद खानसामा ने मेमसाहब को सूचना दी। उसके अनुमान में साहब, मेमसाहब और बच्चा एक ही परिवार था।

मेमसाहब ने समझा खानसामा भूल कर रहा है परन्तु क्रोध के लिए अवसर नहीं था। सेठी की ओर देख कर नम्र और तकल्लुफ के स्वर से उन्होंने अंग्रेजी में कहा—"आप नाश्ता करें। मुझे तो आवश्यकता नहीं है।"

सेठी ने शिष्टता से आग्रह किया—"इतनी सर्दी में एक प्याला गरम चाय अच्छा ही है।"

सेठी, मेमसाहब और बल्लू नाश्ते के लिए भीतर बैठे। उस कमरे में आना-जाना केवल खानसामा का ही था। दीवारों से परे ओझल बाहर जगत् की दृष्टि में वह पति-पत्नी और बालक का एक छोटा-सा परिवार था। उस संसार का प्रतिनिधि या साक्षी केवल वह खानसामा था। खानसामा के सामने व्यर्थ संकोच कर अपने आपको भयभीत और अपराधी प्रमाणित करना मेमसाहब को भी उचित न जँचा। उन्होंने बिल्कुल निस्संकोच भाव से प्यालों में चाय उड़ेलना शुरू किया। सेठी ने आमलेट का एक छोटा-सा टुकड़ा बल्लू के मुँह में दिया। वह मुँह भरकर खाने लगा।

खानसामा ने मेमसाहब की पीठ पीछे आकर पूछा—"हुजूर, कुछ बिस्कुट, कुछ जाम, कुछ फ्रूट ?"

सेठी ने उत्तर दिया—"लाओ।"

डाक बंगले में पड़ी बहुत सी चीजें खुल-खुल कर प्लेटों में, अधखुले डिब्बों की शक्ल में मेज पर आने लगीं। सेठी हँसता जाता था और बच्चे को एक-एक चीज़ चखाता जाता था? माँ बालक की खुशी को देखकर गद्‌गद हो रही थी। वह सेठी को मना करती जाती थी—"बस कीजिये, ज्यादा नहीं, अब इसे भूख नहीं है। पेट खराब कर लेगा।"

सेठी ने बालक की सहायता से संकोच दूर कर पूछा—"आप डलहौज़ी में ही रहती हैं?"

"जी हाँ, मेरा नाम मिसेज़ मदन। मिस्टर मदन मिलेटरी अकाउण्ट्स के दफ्तर में हैं। मैं स्कूल में पढ़ाती हूँ। बहिन से मिलने अमृतसर गयी थी।"

सेठी अपना परिचय क्या देता, कह दिया—"अच्छी बात है।" अपने सम्बन्ध में कुछ कहने लायक बात ही उसकी समझ में न आयी। उसे अपना जीवन नितान्त आधाररहित, रूपरहित जान पड़ रहा था।

"आप यहाँ डलहौज़ी में गर्मियों के लिए जा रहे हैं?" मिसेज़ मदन ने पूछा।

"नहीं, ऐसे ही कारोबार के सिलसिले में दो दिन के लिए। डलहौज़ी अच्छी जगह है, बहुत अच्छी जगह है। बहुत ही सुन्दर दृश्य है।"

"आप बाल-बच्चों को साथ नहीं लाये?" आंतरिकता के स्वर में मिसेज़ मदन ने प्रश्न किया।

"नहीं··· हैं ही नहीं। ···अकेला हूँ। मेरा नाम आर० एल० सेठी है। ठेकेदारी भी करता हूँ। अमृतसर का नया गिरजाघर मैंने ही ठेके पर बनवाया है।" सेठी ने दीवार की ओर देखते हुये चाय के प्याले में चम्मच चलाते हुए कहा, "मैं अकेला ही रहता हूँ।"

सेठी की बात से करुणा और सहानुभूति का बोझ मिसेज़ मदन के मन पर पड़ गया। वह सोचने लगी—कितना भला और कितना अमीर आदमी है!

बल्लू सेठी की चमड़े की चेन में बँधी घड़ी को मेज पर घसीट रहा था।

मिसेज़ मदन ने उँगली उठाकर कहा—"ना!" और फिर सेठी की ओर देख हँस दिया, "यह बहुत ही शैतान है।"

सेठी बार-बार अपने बालों में उँगलियाँ चला रहा था, जैसे मन की कोई बेचैनी केशों की जड़ों में खुजला रही थी। बहुत कुछ प्राप्त करके भी उसे अपना जीवन एक लंगड़े की तरह निराधार जान पड़ता था। सामने बैठी मिसेज़ मदन का कोहनी मेज पर रख कर अपने बालक की ओर देखना, उसका स्वच्छ खिला हुआ चिकना चेहरा, बड़ी-बड़ी रस भरी आँखें, सिर पर से साड़ी के पल्ला से बने तिकोन में गले के नीचे का भाग; यह सब उसे एक जीवन के प्रतीक जान पड़ रहे थे जो उसकी पहुँच के बाहर थे।

मिसेज़ मदन की दृष्टि सेठी की आँखों की ओर गयी। अनुभव किया कि सेठी की दृष्टि उसके शरीर को लपेटे ले रही थी। एक सिहरन-सी शरीर में अनुभव हुई परन्तु वह दुखदायक न थी बल्कि आत्मविश्वास का भाव मिसेज़ मदन के व्यवहार में आ गया। दोनों हाथ मेज़ पर रखकर बिल्कुल सीधे, चमकती आँखों से सेठी की ओर देखकर उन्होंने कहा—

"कितने जोर की बारिश है! हम लोग कैसे पहुँचेंगे?"

सेठी जेब से सोने का सिगरेट केस निकाला। सिगरेट मुँह में लेकर जला लिया और बेतकल्लुफी से धुआँ छोड़ते हुए बोला—"ये बारिश न भी रुके, आज हम न भी पहुँचें तो क्या हर्ज ? कल पहुँच जायेंगे।"

मिसेज़ मदन ने दोनों हाथों की उँगलियों को आपस में फँसाते हुए चिन्ता के स्वर में पर मुस्कराकर कहा—"जी, मुझे तो कल स्कूल में हाजिर होना है। आप भी तो कारोबार से जा रहे हैं। आपका भी तो हर्ज होगा?"

"हाँ जिस काम के लिए आया हूँ शायद वह न हो सके।" बरामदे में खड़े खानसामा की तरफ देख उसने पुकार लिया, "देखो!"

खानसामा ने तुरन्त तश्तरी में बिल हाजिर किया। बिल की तरफ न देख कर मिसेज़ मदन बोलीं—"ड्राइवर को कब तक चलना होगा!"

सेठी ने बिल को अपनी ओर खींचते हुए कहा—"जब मैं पढ़ता था, सदा यही चाहता था कि स्कूल की छुट्टी रहे या किसी बहाने से स्कूल न जाना पड़े परन्तु देखता हूँ कि आपको स्कूल बहुत प्यारा है।"

मिसेज़ मदन ने उत्तर दिया—"आप शरारती लड़के रहे होंगे। आज भी आप शायद काम-काज से बचने के लिए चाहते हैं कि बारिश होती रहे और यहाँ बहाने से मजे में सिगरेट पीते रहें।" वह हँस दी।

"हाँ, चाहता तो ज़रूर हूँ।"

"आपका दिल अपने बिजनेस में नहीं लगता?"

"कभी सोचा ही नहीं। ऐसा मालूम होता है कि जीवन की गाड़ी को कीचड़ में खींच रहा हूँ।"

ड्राइवर ने आकर खबर दी कि सड़क अभी नहीं खुली। सेठी ने पुलिस-स्टेशन पर फोन करके पता लिया कि छः घण्टे से पहले सड़क के खुलने की कोई आशा नहीं थी।

मिसेज़ मदन को इस खबर से घबराते देखकर सेठी ने कहा—"आपके स्कूल वाले भी समझ सकते हैं कि सड़क बना लेना आपके हाथ में नहीं है।"

मिसेज़ मदन का बिस्तर एक कमरे में खोल दिया गया और वे कमरे में चली गयीं। बालक कभी उस कमरे में जाता कभी सेठी के पास आ

जाता। मिसेज़ मदन के उठकर चले जाने से सेठी को लगा कि किसी ने उसके अधिक खाकर बीमार पड़ जाने के डर से उसके सामने से थाली छीन ली हो पर उसकी भूख अभी शेष थी। वह कभी आराम कुर्सी पर लेटकर आकाश में मँडराते बादलों की ओर देखता और कभी बरामदे में टहलने लगता; बैठ जाता और फिर टहलने लगता। उसके हिसाबी दिमाग में उस दिन कल्पना ने घर कर लिया था। उसकी आँखों के सामने अपने जीवन का नया चित्र दिखाई दे रहा था। वह रुपये के पीछे नहीं किसी और ही वस्तु के पीछे दौड़ रहा था। उसे जान पड़ता था कि वह सामने के दुर्गम पहाड़ पर चढ़ रहा है; अपने सामने जाते एक नारी शरीर को पकड़ लेना चाहता है। जब वह हाथ फैला कर उसकी साड़ी का छोर पकड़ लेना चाहता है तो वह आगे बढ़ जाती है। वह शरीर एक झीने से बादल में लिपटी हुई मिसेज़ मदन का था।

सेठी टहलते-टहलते फिर आरामकुर्सी पर बैठ गया। उसी समय भीगी घास और वृक्षों पर सूर्य की नयी धुली किरणें फैल गयीं। सूर्य के सहसा उघड़ आने से सेठी की आँखें चौंधिया गयीं। उसे खयाल आया, वह कितना असमर्थ है। वह उठकर मिसेज़ मदन के कमरे में भी नहीं जा सकता। वह शायद सोयी हुई हैं; शायद जाग रही हैं, यदि वे दोनों एक साथ बैठते···?

जनाने जूते की आहट सुनकर सेठी ने घूमकर देखा। कोट की दोनों जेबों में हाथ डाले मिसेज़ मदन ने कहा—"धूप निकल आयी है। छः घंटे भी हो गये। अब तो हम चल सकते हैं ? ···क्या बजा होगा ?"

घड़ी अब तक बल्लू के ही पास थी और उसका शीशा और सुइयाँ टूट चुकी थीं। समय ड्राइवर से पूछकर ही जाना जा सकता था।

छः घण्टे ज़रूर बीत गये थे पर सड़क अभी ठीक न हो पायी थी और मोटरों को उस पार से गुजरने की इजाजत न मिल सकती थी।

खानसामा ने फिर आकर सलाम किया और पूछा—"लंच (दोपहर का खाना) के लिए कुछ इन्तजाम होगा ?"

"मेमसाहब को पूछो।" सेठी उत्तर देकर बालक की उँगली पकड़े धूप में निकल गया।

खानसामा अपने मन में क्या समझ रहा है—यह खयाल कर मिसेज़ मदन को मधुर संकोच हो रहा था परन्तु उस संकोच को प्रकट करने से

सुबह के व्यवहार और इस समय के संकोच से स्थिति और भी खराब हो जाती। मिसेज़ मदन ने कहा—"जल्दी में जो कुछ बन सके। देर न लगे।"

सेठी, मिसेज़ मदन के समीप बैठना चाहता था पर मिसेज़ मदन के संकोच का खयाल था। लंच खाने के लिए वे फिर साथ बैठे। कुछ बातचीत होनी ही चाहिए थी। सेठी ने बताया कि पहाड़ों में सड़क टूट जाने की परेशानी अक्सर होती रहती है। पिछली बार वह सुबह ही डलहौज़ी पहुँच गया था और तीन घण्टे में काम खत्म कर संध्या लौट भी गया था—"...आप डलहौज़ी में कहाँ रहती हैं?"

मिसेज़ मदन ने अपना पता दिया और पूछा—"आप कितने दिन ठहरेंगे?"

सेठी ज़रूरी काम से डलहौज़ी जा रहा था पर एक दिन, दो दिन, तीन दिन भी ठहर सकता था। डलहौज़ी में 'चुड़ैलडण्डा पहाड़ी' पर पल्टन के लिए नयी इमारत के ठेके के लिए वह डलहौज़ी जा रहा था। पहले वह डलहौज़ी गया था तो 'हिलक्रेस्ट' होटल में ठहरा था, अब भी वहीं ठहरने का विचार था।

मिसेज़ मदन ने बात ही बात में अपनी कहानी सुना दी। उसका पति सौ रुपये माहवार पाता था। स्वयं उसे भी स्कूल से साठ मिलते थे। नौकरी के लिए मजबूरी थी। उनका एक बंगला था जिसे पति की बीमारी के समय पैंतालीस सौ रुपये में रेहन रख दिया था। बंगले का किराया सीजन में दो-ढाई सौ रुपये था परन्तु उसका उन्हें कोई फायदा नहीं था, उलटे पचास-साठ माहवार की किस्त उन्हें महाजन को और देनी पड़ती थी।

सेठी ने सोचा—पैंतालीस सौ क्या था, परन्तु वह क्या कर सकता था! खाना खाते समय दोनों बल्लू के खेल को संतुष्ट आँखों से देख रहे थे। सेठी उसे खिलाते जाना चाहता था और मिसेज़ मदन उसे अधिक न खिलाने के लिए अनुरोध कर रही थीं। बल्लू ने सेठी की घड़ी तोड़ दी थी। मिसेज़ मदन ने उसके लिए अफसोस करके क्षमा माँगी। अफसोस सेठी ने सुनने से इनकार कर दिया। खाना समाप्त हो ही गया। मिसेज़ मदन उठकर फिर भीतर जाना चाहती थीं।

सेठी ने साहस कर कहा—"क्या फिर सो जाइयेगा?"

"नहीं तो, पर और किया क्या जाय? शाम तक हम लोग किसी हालत में नहीं पहुँच सकते।"

"उम्मेद तो नहीं है। आप घबराती क्यों हैं? आप कल स्कूल नहीं जायेंगी तो एक दिन की तनख्वाह कट जायगी दो रुपये! अगर मेरा काम न बना तो जानती हैं कितना नुकसान होगा? साठ या पैंसठ हजार!" सेठी मिसेज़ मदन को विस्मित करके हँस पड़ा और कहता गया, "आप अपना मकान महाजन से छुड़वा क्यों नहीं लेतीं? फिर तो आपको नौकरी करने की ज़रूरत नहीं होगी?"

"पर कैसे? अभी तक हम मुश्किल से एक हज़ार भर पाये हैं।"

"कोई बात नहीं, आप छुड़ा लीजिये। रुपया हो जायगा। मुझे सूद नहीं चाहिए। मूल भी जब सुविधा हो दे दीजियेगा।"

मिसेज़ मदन की आँखें चमक उठीं, चेहरे पर लाली दौड़ गयी। अपने आपको सम्भालने के लिए उन्होंने बल्लू को गोद में खींच लिया और उसके हाथ से घड़ी छीन कर कहा—"इसे आप रखिये नहीं तो यह इसे खो देगा।"

बल्लू के मुँह बनाने पर मिसेज़ मदन ने उँगली उठाकर कहा—"चुप! मामाजी मारेंगे।" मिसेज़ मदन ने एक शब्द कहकर सेठी पर अपना अधिकार प्रकट कर दिया। अब उन्होंने अपने पिता के घर की बात सुनानी शुरू कर दी और बता दिया उनका नाम उर्मिला है।

साथ-साथ बैठे संध्या आ गयी और फिर रात।

आकाश में चाँद था। चाँदनी समीप खड़े चीड़ के वृक्षों से छन-छन कर उन पर पड़ रही थी। बल्लू भीतर सो गया था। उर्मिला सोच रही थी, यों एकान्त रात्रि में उन दोनों का एक साथ होना और चाँद का यों ही चमकना ठीक नहीं। भय और आतुरता की चिनगारियाँ उसके मस्तिष्क और त्वचा पर चिटक जाती थीं।

बाहर ठण्ड थी और ठण्डी हवा थी। भीतर जाने के लिए कमरे थे परन्तु खानसामा ने अपनी बुद्धि के अनुसार दोनों का सामान एक ही समझ कर दोनों बिस्तर एक ही कमरे में लगा दिये थे। ऐसा न करने के लिए उसे कहा भी न गया था परन्तु भीतर एक ही कमरे में पलंगों पर सो जाने की बात सोच कर मिसेज़ मदन को भय लग रहा था। वह सोचती, ऐसा कैसे हो सकता है!

काफी रात बीत गयी थी। सेठी ने कहा—''आपको सर्दी में कष्ट होगा, आप जाकर सो जाइये।''

''और आप?''

''मुझे नींद नहीं आ रही।''

मिसेज़ मदन जानती थीं कि सेठी बाहर ही रात बिता देगा, उसे आराम देने के लिए। उसका मन कृतज्ञता से भीग गया। ओफ, कितना सज्जन आदमी है!

मिसेज़ मदन ने अपने रिश्ते में एक खूब पढ़ी-लिखी लड़की की बात बता कर कहा—''आप शादी कर लें।''

सेठी ने उत्तर दिया—''अड़तालीस बरस ऐसे ही बीत गये शेष तो भी बीत ही जायेंगे। शादी तो एक तरह दाँव लगाना ही है; सीधा पड़ सकता है उलटा भी पड़ जाये।''

सेठी ने फिर एक बार उर्मिला को भीतर जाकर सो जाने के लिए कहा।

उर्मिला ने उत्तर दिया—''चाँदनी बहुत अच्छी मालूम हो रही है। सर्दी भी खास नहीं।''

दोनों बरामदे में बैठे। कभी सेठी बात कहता और उर्मिला सुनती, कभी उर्मिला कहती और सेठी सुनता।

नवमी का चाँद पहाड़ की ओट हो गया। समय जानने का कोई उपाय न था, परन्तु आधी से अधिक रात बीत चुकी थी। दोनों जाड़े से काँप रहे थे। उर्मिला के लिए यह सह्य न था कि सेठी उसकी वजह से जाड़े में इस तरह मरे। ...कहीं बीमार हो गया तो? उसने खड़ी होकर कहा—''आइये, भीतर चलें। क्या भाई-बहिन एक कमरे में नहीं सो जाते।'' वे दोनों भीतर जा रहे थे तो उस समय सेठी ने उर्मिला की पीठ पर हाथ रख दिया था। दोनों अपने-अपने बिस्तर में कम्बल में लिपट कर लेट गये।

डलहौज़ी की सड़क सुबह ही खुल गयी परन्तु सेठी और उर्मिला ने चाय पी लेने के बाद ही चलने का निश्चय किया।

सेठी ने पूछ लिया—"रात खूब नींद आयी?" और हँस दिया।

उर्मिला ने मुस्कराकर कहा—"आपको तो आयी होगी!"

दोनों समझ गये कि नींद किसी को भी नहीं आयी थी परन्तु उनींदी रात काट देने पर भी दोनों के शरीर में काफी स्फूर्ति थी।

सेठी ने कहा—"तबीयत नहीं होती इस बंगले को छोड़कर जाने की।"

उर्मिला ने करुण दृष्टि से सेठी की ओर देखा और आँखें झुका लीं। शब्द न थे। उसने पति पाया था परन्तु ऐसी उदारता, संयम और अनुराग न देखा था। उसका रोम-रोम पुकारना चाहता था—तुम उदार हो, महान् हो परन्तु जिह्वा बन्द थी। स्त्री की हमेशा हार है। जब उस पर आक्रमण होता है तब भी और जब उसे पनाह दी जाती है तब भी।

सेठी ने चलने से पहले कहा—"अगर तुम्हें एतराज़ न हो तो मैं इस बंगले में तुम्हारा एक फोटो ले लेना चाहता हूँ।"

एतराज़! उर्मिला को एतराज़ क्या हो सकता था? उसने केवल कृतज्ञता से सेठी की ओर देख भर लिया।

उर्मिला गर्दन एक ओर झुकाकर खम्भे से टिककर खड़ी हो गयी। सेठी ने कई फोटो खींचे।

दो मास केवल साठ दिन होते हैं परन्तु इस बीच कितना परिवर्तन हो जा सकता है! मदन मिलिटरी अकाउण्टेंट के दफ्तर से एक सौ रुपये की नौकरी छोड़ कर 'सेठी एण्ड कम्पनी' में एक असिस्टेंट मैनेजर हो गया है। उसे तीन सौ रुपया माहवार मिलने लगा है। उर्मिला साठ रुपये की मास्टरनी नहीं रही। वह अपने छोटे से बंगले के सामने खूब बड़ी छतरी के नीचे गुलाबी धूप में बैठ कर बल्लू के लिए स्वेटर बुनती है और गोंडे जिले की काले रंग की आया बल्लू को सड़क पर टहलाने ले जाती है।

सेठी का बार-बार डलहौज़ी आना ज़रूरी है; फौजी बारकें बनाने का ठेका उसके पास है। उर्मिला के मन में दुविधा है, सेठी उसकी रिश्ते की बहन से शादी करने के लिए तैयार क्यों नहीं होता?

उर्मिला सब कुछ समझ कर भी स्वीकार करना नहीं चाहती।

पिछली बार स्पष्ट कह दिया था—"पेट भर कद्दू चबाने की अपेक्षा संतरे की सुगन्धि पा लेना ही अच्छा है।"

उर्मिला को स्वेटर बुनते-बुनते खयाल आया, वह खुद ही संतरा है। एक-एक करके सेठी के व्यवहार उसकी आँखों के सामने आने लगे। सेठी को उसके बालों में उँगलियाँ चलाना बहुत अच्छा लगता है। सेठी बिना कुछ बोले उसे सामने बैठा रखना चाहता है। सेठी जो कपड़ा लाकर दे उसे सेठी के सामने पहनना ही चाहिए। सेठी की किसी बात को अस्वीकार कर देना उसके लिए सम्भव नहीं। सेठी जब चाहे, उसे बिना बाँह और बिना पीठ का ब्लाउज पहनना होगा। बेशक उर्मिला को भी वही कुछ पहनने, उसी तरह रहने से संतोष होता है जैसे सेठी की इच्छा होती है परन्तु उसका अपना अस्तित्व, अपना व्यक्तित्व कहाँ रह गया है?

पिछले बुध की रात सेठी आधी रात तक उनके बंगले में रहा था। उसने क्या कहा था! ...उर्मिला को हाथ नहीं लगाया, छुआ नहीं, दूर ही बैठा रहा परन्तु फिर भी उसमें शेष रह ही क्या जाता है! उसने कहा था—"मैं तुम्हें प्रेम करता हूँ। मुझे कुछ नहीं चाहिए। मुझे तुम हृदय की चाह जैसी जान पड़ती हो। तुम्हें देखना चाहता हूँ, अपना समझना चाहता हूँ।"

उर्मिला से यह न हो सका था। वह रोने लगी थी।

सेठी 'माफ करो' कह कर चुपचाप चला गया था।

उर्मिला को सलाइयों की बुनती में दृष्टि गड़ाये, बिजली की तेज रोशनी में उस रात का सब दृश्य याद आ रहा था। उसे अपनी कृतघ्नता के लिए खेद था। जिस आदमी ने बिना अहसान जताये अपने जीवन भर के परिश्रम की कमाई उसे भेंट कर दी, अपने लिए कभी कुछ नहीं चाहा; उसकी बात चाहे जो भी हो... उसे निराश करना...!

सेठी ने कह दिया था कि अपनी सम्पूर्ण सम्पत्ति बल्लू को दे देगा परन्तु उस सम्पत्ति में बल्लू का कोई हिस्सेदार नहीं आ जाना चाहिए! ...स्पष्ट शब्दों में इसका अर्थ था उर्मिला की कोख पर ताला लगाकर सेठी ने उस पर अपना अधिकार कर लिया था; वह उसे छुए या न छुए। बल्लू भी उसी का है, मदन भी उसी का है और उर्मिला सबसे पहिले उसकी है।

सेठी कितना संयमी, कितना उदार, कितना विशाल हृदय है! ···उसने किस तरह सब कुछ दे दिया है! ···उर्मिला ने तो सेठी को कुछ भी दिया नहीं··· देने का मौका और साहस भी नहीं। सेठी ने सब चीज़ों पर स्वयं अधिकार कर लिया है और कितनी सरलता से! मानो सब चीज़ों की एक चाबी थी, जिसे उठाकर उसने अपनी जेब में रख लिया है। उस जाल से बाहर हो सकने का कोई रास्ता न उर्मिला के लिए, न बल्लू के लिए और न मदन के लिए ही है; मानो वे सब बिक गये हैं।

···सेठी यदि कल फिर आये और उदास मुख से अपनी उसी बात को दोहराये? एक ओर बैठ कर कहे—तुम्हें चाहता हूँ तो क्या फिर भी 'न' कहूँगी?'

उर्मिला ने सोचा, उसमें बात ही क्या है? मन इनकार करना तो चाहता था परन्तु इनकार का हक है उसे? वह हक जो सबको होता है उसे न था; उसकी अपनी आत्मा के सम्मुख ही न था। ···वेश्याओं का जीवन और क्या होता है!

उर्मिला की आँखों से टप-टप आँसू गिरने लगे।

उर्मिला को खयाल आया—दो ही महीने पहिले, जब केवल छोटे-छोटे दो कमरे थे, उर्मिला थक कर स्कूल से लौटती थी और बच्चे को गोद में लेकर मूर्ख नौकर के साथ सिर खपाती थी। अनेक ज़रूरतें पूरी न हो पाती थीं। परन्तु उस समय वह 'हाँ' या 'ना' कह सकती थी। स्वयं अपनी इच्छा से वह चाहे जो भी करती··· सिगरेट कम्पनी वाला वह हँसमुख बाबू कितना प्यारा और सज्जन था! परन्तु उसने सदा इनकार ही किया। अपना गर्व नहीं छोड़ा।

फिर खयाल आया—हो सकता है, अब सेठी आये। उसने आँसू भरी आँखें उठाकर फाटक की ओर देखा। ···उसकी दृष्टि में आतुरता नहीं कातरता थी···।

●

८०/१००

जिन लोगों ने एम० ए० की परीक्षा दी है, वे ही इस राज़ को जानते हैं। किसी को धमकाना हो, गम्भीरता से कह दीजिये, इस बरस एम० ए० की परीक्षा देने जा रहे हैं। परीक्षा की तैयारी में सब मुआफ है। किसी की शादी-गमी में, रोग-संताप में सम्मिलित होने के लिए आपको बाध्य नहीं किया जा सकता। एम० ए० की परीक्षा है, मजाक नहीं! जो जानते हैं, कनखियों से देखकर मुस्करा देते हैं। रहस्य के बने रहने में ही कुशल है। उपन्यास लेकर बैठ जाइये। लोग विश्वास कर लेंगे कोई गंभीर पुस्तक है। दिन में सोइये, कौन उठा सकता है; एम० ए० की परीक्षा जो देनी है। घण्टों आवारा फिरिये; समझा जायगा कि बहुत बड़ी पढ़ाई के लिए मस्तिष्क को ताजा करने की भी तो ज़रूरत है।

पिता जी ने कहा—"परीक्षा की तैयारी यहाँ गरमी में ठीक नहीं हो सकेगी। तुम्हारी माँ का स्वास्थ्य भी ठीक नहीं है। रक्षा बहिन के सिर दर्द में भी कुछ आराम होगा। हवा बदली से बच्चों की सेहत पर भी अच्छा प्रभाव पड़ता है। पहली जून से तुम सब मसूरी चले जाओ।"

गरमी पहाड़ पर बिताने के विचार से मन में जो उमंग उठी थी, मसूरी आकर गायब हो गयी। सुबह-शाम पूरे परिवार को लेकर सैर कराना। माँ अपने पर्याप्त शरीर को प्रौढ़ा सभ्य गृहिणी की मर्यादा के अनुसार साड़ी के ऊपर चादर से ढँके, संयत भाव से चार अंगुल परिमाण का आर्यसमाजी घूँघट निकाले, दोनों कदमों पर बोझ तौल-तौल कर दायें हाथ से चादर के आँचल को लहराती हुई चलतीं। बगीचे में दाना कुरेदकर चूजों को खिलाने वाली मुर्गी की भाँति उनके आगे-पीछे, दायें-बायें रक्षा बहिन, सत्या, प्रद्युम्न और छोटा काका गोल बाँधकर चलते। मुझे सर्कस के नायक 'सूत्रधार' की हैसियत से साथ चलना पड़ता था।

सूत्रधार का यह पद कुछ संतोषजनक नहीं जान पड़ता था। लड़कियों-बच्चों के इस गोल को जनता के सम्मुख हाँक कर ले चलने में कुछ झिझक सी, एक तरह की खीझ सी भी अनुभव होती थी। मैं कुछ हटकर, दूर-दूर चलता था मानो इन लोगों के साथ नहीं था। दरअसल 'कम्पनी' भर में माँ और छोटे काका को छोड़ कर सभी असंतुष्ट थे। अपनी फलती-फूलती सृष्टि को लेकर संसार की आँखों के सम्मुख चलने में माँ को ज़रूर गौरव अनुभव होता था। छोटा काका सलमे की टोपी लगाये, अपने सिर से बड़ा बेंत हाथ में लेकर, पहाड़ी कुली के कंधे पर अगुआ बनकर चलता था। वह भी बेशक प्रसन्न था।

प्रद्युम्न की स्वतन्त्रता में बाधा पड़ती थी। वह आकाश की ओर मुख उठाये देखता हुआ, कुछ खाता-चबाता चलना चाहता था। माँ क्षण-क्षण कहती जाती, बच के; देख, सामने देख रिक्शा आ रही है। फर्लांग भर दूर से ही घोड़ा या रिक्शा दिखाई देने पर माँ सभी को आशंका की चेतावनी देने लगती थीं। यह प्रद्युम्न के उदीयमान यौवन का अपमान नहीं तो क्या था? वह अपने आपको लड़का नहीं समझता। आठवीं जमात में पढ़ता है, स्काउट है, उमर के बारहवें बरस में है।

सत्या को माँ बार-बार सिर ढँकने के लिए कहती रहती थीं। सिर में ही हवा न लगेगी तो दिमाग ताजा कैसे होगा; माँ को न जाने क्यों समझ नहीं आया। सत्या दसवीं श्रेणी में जो स्वास्थ्यरक्षा पढ़ती है, वह माँ ने तो पढ़ी नहीं।

मुझे और रक्षा बहिन को माँ कुछ नहीं कहती थीं, परन्तु रक्षा को यह सैर बिल्कुल नीरस जान पड़ती थी। माँ बूढ़ी है, सत्या बच्चा है, वह

किससे बात करे? खास कर छोटे काके के बिल्कुल समीप होने से उसे झेंप मालूम होती थी। ···लोग मन में क्या कहते होंगे?

भीतर-ही-भीतर इतना असंतोष होने पर भी प्रकट विद्रोह नहीं हो सका, उसका कारण था लाचारी। हम लोग मसूरी में नये-नये थे। परिचय नहीं, जान-पहचान नहीं, करते क्या?

हमारी 'कम्पनी' सुबह की पैट्रोल से लौट रही थी। उस समय कैमल्स बैक रोड और लाइब्रेरी बाज़ार के मोड़ पर क्या देखता हूँ कि सर्दार तेज कदमों से चला आ रहा है। आँखें चार हुईं तो चार हाथ हुए अर्थात् पंजाबी डबल शेकहैण्ड हुआ। इससे भी मन न भरा तो जोर के धक्के से गले मिलना हुआ। मैंने अगले दिन से ही कम्पनी का चार्ज अपने कंधों से खिसका दिया।

सर्दार सहपाठी नहीं, 'पक्का' दोस्त था। हम अलग-अलग कालेजों में पढ़ते थे परन्तु गत वर्ष के यूनिवर्सिटी-टूर में हम दोनों अभिन्न हृदय हो गये थे। दोनों का स्वभाव और मजाक मिलता था। मसूरी में मिलने पर बम्बई और मद्रास के पुराने मजाक और परिभाषाएँ पुनः जागृत हो उठीं। दो मास की यूनिवर्सिटी-यात्रा में जो सांसारिक अभिज्ञता हमने प्राप्त की थी, उसके आधार पर हमारा ज्ञान और पारिभाषिक भाषा इतनी परिष्कृत हो गयी थी कि सर्वसाधारण के लिए दुर्गम ही नहीं, अगम थी।

अजन्ता की गुफाओं और दक्षिण के मन्दिरों की निर्माण-कला से अधिक अनुशीलन हमने किया था जीवन के उस पहलू का जो पर्दे की कुप्रथा के कारण पंजाब में प्रायः छिपा रहता था। लाहौर में समाज-सुधार की अग्रणी कुछ युवतियाँ बिना पर्दे के जहाँ-तहाँ सभा-समाज में दिखाई तो देती थीं परन्तु उनकी ओर देखने से दूसरों के परिहास का पात्र बनना पड़ता था। दक्षिण में यह बात नहीं थी। स्त्रियों के स्वच्छन्द, उदार प्रवाह को देख कर हम लोगों के मुरझाये हुए हृदय पनप उठे थे। आँखें भर-भर कर देखा और फिर अच्छे-बुरे की परख भी पैदा हुई। नये ज्ञान के साथ नयी परिभाषा का भी आविष्कार हुआ। मसूरी में सुअवसर पाकर हम उसी ज्ञान को विकसित करने लगे।

जिस वस्तु या व्यवहार के विरुद्ध वर्जना की जाती है उसकी ओर प्रवृत्ति वेग से और दुर्दान्त वेग से जाती है। अदन के बाग में अंगूर छोड़

कर गेहूँ के नीरस दाने चबाने की इच्छा हव्वा को कभी न होती यदि उसके लिए खास मनाही न कर दी जाती।

हम पंजाबी नौजवानों के लिए स्त्री वर्जित फल है, इसलिए उसके प्रति अपरिमित कौतूहल मन को चंचल कर देता है। पाखण्ड की बात जाने दीजिये, संसार भर की कविता का सार है—पुरुष का स्त्री के लिए और स्त्री का पुरुष के लिए 'हाय-हाय' करना। जिस कवि की 'हाय-हाय' जितनी चुटीली होती है, उसे हम उतना ऊँचा आसन देते हैं। कालिदास, भवभूति, बिहारी, शेक्सपियर, दांते, हाइने, बायरन इन सबकी महत्ता और किस बात में है? आचार-शास्त्र स्त्री और पुरुष को दूर-दूर रहने की व्यवस्था करता है पर क्यों? आग को चिमटे से सम्भालने की बात न सिखाकर उससे परे हट जाने को कहता है। 'आग' के बिना तो निर्वाह हो नहीं सकता। उसे तो एक दिन सँभालना ही पड़ेगा; उस दिन हाथ क्यों न जलेगा!

मसूरी में किसका डर था। अवसर भी खूब अच्छा था। सभी प्रान्तों की रमणियाँ, देसी और विलायती बहुतायत में थीं। सर्दार को यूरोपियन औरतों से न जाने क्यों चिढ़ थी। खासकर उनकी ऊँची घघरिया से। यही कारण होगा कि अपने मुख पर नयी उगती ऊन से मुक्तिलाभ कर, गालों पर स्पर्श के स्वर्गीय आनन्द—क्योंकि पुराणों में ब्रह्मा को छोड़कर सभी देवता सफाचट माने गये हैं—को प्राप्त करने की आशा वह कभी नहीं कर सकता था। स्वप्न में भी आशा कर नहीं सकता होगा कि कभी कोई यूरोपियन रमणी उसके बाल-जंजाल से घिरे चेहरे पर हाथ फेर कर उसे 'माई डार्लिङ्ग!', 'माई जुएल!' कहेगी। इसीलिए वह देशाभिमान की ओट लेकर यूरोपियन कोमलांगियों को 'छी' में उड़ा देना चाहता था।

हाँ, मसूरी में हम क्या करते थे! दिन भर युवती-चर्चा परन्तु निष्काम और अनासक्त भाव से। इस काम के लिए सबसे पहली थी, शिकारी की गिद्धदृष्टि उत्पन्न करना। कितनी भी दूरी हो, वस्तु को पहचानकर उसे परख सकना। चुस्त और सधी हुई नज़र खूब दूर से ही शिकार को भाँप लेती है। इसे अंग्रेजी में कहा जायगा—'स्पाट' करना। उस समय साथी को सावधान करने के लिए संकेत शब्द हैं—सीधे (eyes front)! या ···दायें देख! ···बायें देख (eyes left—eyes right)! वर्ग विभाजन मोटा काम है। तीस वर्ष से ऊपर जिनकी आयु हो चुकी हो, उनकी ओर ध्यान देना व्यर्थ होता है। तेरह से नीचे भी वही बात है। यों समझिये कि इनमें पहली अम्मा श्रेणी और दूसरी बच्चा श्रेणी कहलाती हैं।

युवती के रूप का जो प्रभाव पड़ता है, उसमें वस्त्र परिधान तथा संस्कृति का कितना स्थान रहता है, इसे बारीकी से देखना चाहिए। बुद्धिमानों का वचन है—एक हुस्न हुस्न, सौ हुस्न कपड़ा, हजार हुस्न गहना, लाख हुस्न नखरा।

आधुनिक शिक्षित लड़कियों में जो ब्लाउज़, साड़ी और सैंडल पहनती हैं, जिनके व्यवहार में अधिक भड़क नहीं, जिनके व्यवहार पर सौम्यता की छाप हो, उनकी परिभाषा है—सुसंस्कृत, पानीदार (sober)। केशविन्यास आदि में यदि सौम्यता न होकर हाव-भाव का तीखापन झलके तो उसे कहा जायगा (killer)। यदि नवीन ढंग की पेशावरी काट की लाहौरी पोशाक अर्थात् चौड़े पौंचे की सलवार, नीची कमीज, ऊँची एड़ी का या तिलई जूता और बारीक दुपट्टा आधे सिर पर रहे तो वह हुई—गुड्डी। गँवई-गाँव की जान पड़ने वाली लड़की को कहा जायगा 'पेंडू'।

बहुत सी बातें प्रैक्टिकल—व्यावहारिक ज्ञान के बिना समझ में नहीं आ सकतीं। जो युवती चंचल हो, अपनी मोहक शक्ति की परीक्षा के लिए तिलमिला रही हो, उसे कहा जाता है—'पटाखा' (dash)। पटाखा भी कई नमूनों का हो सकता है। प्रभाव किस बात से होता है यह भी देखना चाहिए, जैसे चुलबुला पटाखा (eye stroke) या नमकीन पटाखा (colour stroke).

साहित्य-दर्पण में जिसे 'अज्ञात यौवना' कहा गया है, उसे आधुनिक भाषा में कहना चाहिए—'भोला कातिल'; विस्मृता को—'भटकी हुई'।

इसके पश्चात् था काम नम्बर देने का। समझ लीजिये पूर्णांक एक सौ है। नम्बर अधिकारी की योग्यतानुसार दिये जाते थे। नम्बर देना अपनी रुचि (taste) पर भी निर्भर करता है। यों तो रंग-रूप, चाल-ढाल, हाव-भाव सभी बातों के नम्बर अलग-अलग होने चाहिए परन्तु कोई परीक्षक गोरे रंग को और कोई नख-शिख को ही अधिक महत्त्व देगा।

कोई और कुछ न देख कर वह केवल आँखों के आकार-प्रकार पर ही अधिक नम्बर दे सकता है और कोई दूसरी बात पर।

सर्दार जिस उत्साह से कटीली और रसीली आँखों की ओर संकेत करता था, वह मैं कभी समझ न सका। एक बार मैंने रोएँ झड़ जाने से फूली हुई आँखों की पलकें दिखाकर सर्दार से पूछा—"यह आँखें कटीली हैं या रसीली?" मेरी पसली में एक घूँसा मार उसने कहा, "हट गधा!" इसलिए समझ लिया कि आँखों का विषय कठिन है।

आखिर हुआ यह कि सर्दार के मित्र भगूतर के सहयोग से 'तर्कविद्या की परिभाषाओं में आशातीत उन्नति होने लगी। लाइब्रेरी, बाज़ार, मालरोड, कैमल्स बैक, हैपीवैली, सनीव्यू, लंढौर बाज़ार—यही सब हमारी प्रयोगशालाएँ थीं।

एक दिन दुपहर तक बरस कर तीसरे पहर खुल गया था। हम लोग हैपीवैली में नीचे एक बेंच पर बैठे हुए ऊपर की चौतरफा सड़कों पर दूर की चाँदमारी (long range shooting) कर रहे थे। सहसा सर्दार पुकारा—"बायें देख!"

हमने बायीं तरफ देखा।

देवदारों के नीचे एक पगडण्डी से तीन नवयुवतियाँ नीचे आ रही थीं। उनमें से एक मोतिया रंग की साड़ी में थी, शेष दो में से एक हल्के मूँगिया रंग की और तीसरी टसरी रंग की साड़ी में।

सर्दार ने छूटते ही कहा—"८०/१०० मोतिया के।"

भगूतर ने कहा—"मूँगिया के ३०/१००।"

मैंने कहा—"टसरी के ८०/१००, भूल-चूक लेना-देना।"

लड़कियों के कुछ और समीप आ जाने पर सर्दार ने कहा—"नहीं, मोतिया के ७५/१००।"

भगूतर बोला—"पाँच बढ़ाये, ३५/१००।"

मैं हड़बड़ाकर उठ खड़ा हुआ। सर्दार और कुछ कहना ही चाहता था कि मैंने डपट दिया—"चुप! वह मेरी बहन है, रक्षा!"

सर्दार ने सुना नहीं। उसने फिर कहा—"नहीं ९०/१०० ही ठीक है।"

मैंने कुछ बिगड़कर कहा—"होश कर। कह रहा हूँ मेरी बहन है।"

सर्दार बेपरवाही से हँस दिया—"सभी लड़कियाँ किसी न किसी की बहिन होती हैं!"

मुझे ऐसा जान पड़ा कि अपने परिवार के सम्मान के लिए जूझ मरना होगा।

घड़ों पानी पड़ गया। मेरे दोनों मित्र भी लज्जित हो चुप रह गये। अँधेरा होते देख कर एक-एक कर वे लोग चले गये परन्तु मैं देर तक बैठा सोचता रहा—सभी लड़कियाँ किसी न किसी की बहिन होती हैं···

●

या सांई सच्चे!

चन्ना पंजों के बल, हलके कदमों से दुलकी चाल चली जा रही थी। उसकी दोनों चिकनी, गोल, भरी हुई बाँहें कुहनियों से कुछ ऊपर उठी हुई, चाल की ताल पर हिलती जा रही थीं। गर्दन उसकी पतली पर सीधी बगुले की सी थी। सिर पर पानी से भरा घड़ा यों टिका था कि शरीर का ही भाग हो। पानी के घड़े की बात क्या! घी की बड़ी चाटी सिर पर साधे, एक बार भी हाथ का सहारा लिये बिना वह आठ मील, नारोवाल के बाजार तक चली जाती थी।

मँजे हुए ताँबे के से रंग की गर्दन में चाँदी की मोटी हँसली उसके नीले कुर्ते पर बहार दे रही थी। उसके शरीर की सजीव स्फूर्ति की ही भाँति उसका जोबन भी आकार में छोटा परन्तु अपनी उग्रता से कुर्ते की परवाह न कर उभरा चला आ रहा था। कमर में लिपटा, सफेद धारीदार काला तहमत चाल की गति से फड़फड़ाता जा रहा था। उसकी छोटी काली चुनरी गर्दन के चारों ओर बल खाये कंधों पर सिमटी, उसकी दृढ़ गुँथी बेनी के साथ लिपटी पीठ पर लटक रही थी।

चन्ना ने देखा, मम्दा अपनी नीली घोड़ी पर चला आ रहा था। उसके चेहरे पर चमक आ गयी। बड़ी-बड़ी फैली हुई आँखों की पलकें जरा झुक गयीं। उसने सोचा, ज़रूर कुछ कहेगा।

मम्दा ने सचमुच ही उसे देखते ही लगाम खींचकर घोड़ी की गर्दन दोहरी कर दी। लड़का भला था। उसने घोड़ी को झाड़ियों में कर लिया और पगडंडी चन्ना के लिए छोड़ दी। पलकें उसकी भी झुक गयीं। चन्ना समीप आयी तो धीमे स्वर में पूछ लिया—"पीलू लाऊँगा, खायेगी?"

मम्दे के स्वर में जो दर्द था यह चन्ना के हृदय को छू गया परन्तु उसने चाल में अन्तर न आने दिया। धीमे स्वर में कह दिया—"क्या करूँगी!" जैसे उसकी उम्र अब पीलू खाने के शौक की न रही हो। तेज चाल से चलती चन्ना की आँखों के सामने मम्दा के चेहरे की बेबसी दिखाई देने लगी। अभी उस दिन मम्दा ने जाने कितनी दूर से खूब पके रस भरे डेले लाकर उसे दिये थे। तब भी चन्ना ने उपेक्षा से इनकार कर दिया था—"क्या करूँगी!"

तीन साल पहले··· जब मम्दा कभी चन्ना के कबीले की बस्ती के समीप से गुजर कर, चनाब के कछार में अपना माल (पशु) देखने जाता था, चन्ना उससे डेले और पीलू लाने के लिए झगड़ा करती थी। तब मम्दा मुँह चिढ़ा कर कहता था—"बड़ी तू शेरकोट की नवाबजादी है न! मैं तेरा नौकर हूँ?···"

"तेरे बाप के पास भी तो घोड़ी है। चढ़कर चली जा और पीलू खा ले।"

चन्ना अँगूठा दिखा कर ताना देती—"ए हैं, बड़ा जवान बनता है। मैं तुझसे ज्यादा बड़ी खाल पर घोड़ी कुदा सकती हूँ। बड़ा रेत में घोड़ी दौड़ा कर दिखाता है। हमारी कुम्मैत घोड़ी जुते हुए खेत में चौकड़ी भरती है!"

चन्ना के इन तानों के उत्तर में मम्दा कानों तक तराशे हुए अपने छत्ते (पटे) छिटका कर उत्तर देता—"बड़ी नवाबजादी है तू! मुझे क्या नखरा दिखाती है! हमारी बस्ती की लड़कियाँ तो दो-दो हँसुलियाँ पहनती हैं और पाँव में झंग की कामदार जूतियाँ!"

इधर यह बात हो गयी कि चन्ना को एक आँख भर देख पाने के लिए, मम्दा चार मील का चक्कर देकर उसकी बस्ती के पास से होकर

चनाब के कछार में अपने पशु देखने जाता था। चन्ना भी यह सोचती कि मम्दा कल इस राह दिखाई नहीं दिया, क्या आज भी नहीं आयेगा? वह पानी का फालतू घड़ा लेने चली जाती। चन्ना बहुत दिन से मम्दा को एक बात कहने का अवसर चाहती थी। परन्तु जब मम्दा दिखाई देता तो मुख से शब्द न निकलते, चेहरे पर सुर्खी फैल जाती और पलकें झुक जातीं।

चन्ना के हृदय को चिन्ता खाये जा रही थी। पहले उसका बाप प्रायः मम्दा की तारीफ किया करता था। लड़का सुरूप और जवान है। उसके बाप कादिर के यहाँ जितना 'माल' है, नीलीबार में किसके यहाँ होगा! उसके यहाँ के बछड़े मिंटगुमरी में फिरंगियों की छावनी में खरीदे जाते हैं। 'हुनर' में लायलपुर से मुलतान तक उसका लोहा माना जाता है। सौ मील से वह जानवर की गंध लेता है। उसके हाथ पड़ा माल फिरंगी की फौज तक वापिस नहीं फेर सकती। जवानी में उसने वह-वह धावे किये हैं कि रहे नाम सांई का। लड़के की माँ नहीं तो क्या, चाचियें तो हैं।

परन्तु जब से चन्ना का बाप गज्जोवाल के फजल के साथ कमालिया जाकर लौटा था, फजल के बेटे नीरू की ही चर्चा करने लगा था। यह देख कर चन्ना के ऊर्ध्व-मुख पुष्ट जोबन के नीचे की गहराई से एक उसाँस उठकर, सूर्य के प्रखर ताप में चकाचौंध रेत की कोमल लहरियों पर बहती गरम वायु के साथ, दूर-दूर तक बह जाती थी। उसके हृदय में गड़न अनुभव होने लगती थी। हृदय में एक अवरोध अनुभव होता, जैसे उसके उठते हुए जोबन को कोई भीतर ही भीतर कुचले दे रहा हो।

चन्ना हृदय में उठती पीड़ा को वश में करने के लिए दाँतों से होंठ दबाये घर की सांडनी और नयी ब्यायी भैंस के आगे लोहे के तसले में पानी छोड़ती हुई अपने भाग्य की बात सोचने लगती—मेरी किस्मत ही ऐसी है। मम्दा कैसा जवान और चतुर है परन्तु जाने क्या है! इतना बड़ा हो गया और अब तक उसके सिर पगड़ी नहीं बँधी। मम्दा के बूढ़े बाप कादिर की ही अक्ल को जाने क्या हो गया है? आखिर उसका बेटा क्या सदा बच्चा ही बना रहेगा? आस-पास की बस्तियों के लड़के, जिनके अभी रेख तक नहीं फूटी, जो कल तक माँ का आँचल पकड़े चलते थे, 'कार' (चोरी) करके शान से पगड़ियाँ बाँधे, सिर ऊँचा किये फिरते हैं और मम्दा को देखो! अभी तक गले में दुपट्टा डाले फिरता है। मम्दा चाहे तो क्या कार नहीं कर सकता? बूढ़े बाप को बेटे का इतना

मोह है कि उसे गोद में ही लिये रहना चाहता है। बूढ़े के घर में किसी चीज़ की कमी न सही लेकिन बेटे को भी तो आदमी बनना है। कार नहीं करेगा तो मर्द कैसे गिना जायगा! 'जांगली' का बेटा कार नहीं करेगा तो क्या चूड़ियाँ पहनेगा, सिर पर पानी ढोयेगा और छाछ बिलोयेगा! और नहीं तो एक मामूली बछेरा ही सही। आस-पास इतने बाज़ार हैं, सड़कें चलती हैं क्या कठिन है। मम्दा जवान है और चतुर चाहे तो सौ कारें कर सकता है। ऐसा कौन खतरा मम्दा के लिए ही पड़ा है। वह कुछ करे तो! कादिर का नाम बड़ा है तो क्या! जांगली का बेटा है तो कार तो करनी ही होगी। कार नहीं करेगा तो पगड़ी नहीं होगी तो ब्याह कैसे होगा?

फजल के बेटे नारू ने पहली दफे कमालिया के बाज़ार से कार की थी। पकड़ा गया, कंधे पर चोट भी आयी लेकिन क्या हुआ, तीन ही महीने में फिर दूसरी बार गया। कोई बड़ा माल न सही, कार तो उसने की। अब पगड़ी बाँध कर मर्दों की तरह घूमता है। मर्द को तो कार करनी ही है। फिरंगी की पुलिस क्या मम्दा के लिए ही रह गयी है! न बूढ़ा कादिर मम्दा को कुछ करने देगा, न उसके पगड़ी बँधेगी! फिर ब्याह कैसे हो सकता है? अब्बा कब तक राह देखेंगे? आस-पास की मेरी उम्र की सब लड़कियाँ ब्याही गयीं। एक दिन मेरे भी हाथ-पैर बँध जायेंगे।

चन्ना की आँखों में आँसू आ जाना चाहते थे। तसले से जल पीकर बिलबिलाते होंठों से जल की धारें बहाते हुए दम्मा सांडनी के गर्दन उठाकर चन्ना की आँखों में देखा। यह सांडनी घर की बरक्कत थी। चन्ना के जन्म से पहले ही उसके बाप ने एक सौदागर से दम्मा को छीना था। तब वह अभी बच्ची थी परन्तु रात भर में तीस कोस की मंजिल पार कर आयी थी। तब से घर में कितनी बरक्कत थी। दम्मा जब-जब ब्याती, चन्ना का बाप चनाब के कछार में सांई के मज़ार पर चद्दर ज़रूर चढ़ाता था।

कछार के सांई की भी क्या करामात है! कोई मन्नत उसके मज़ार पर मानी जाय और पूरी न हो, ऐसा कभी नहीं हुआ। चन्ना ने श्रद्धा से मज़ार की दिशा में सिजदा किया। वह सोचने लगी—किसी तरह सांई की मज़ार जाकर बूढ़े कादिर को सुमति देने और मम्दा की पगड़ी शीघ्र हो

जाने की मन्नत मान आये। वह अगर मन्नत मान आये तो फिर पीर-फकीर की दुआ से, इंशाअल्ला (भगवान की इच्छा से) सब ठीक हो जाये; परन्तु मज़ार तक वह पहुँचे कैसे? चनाब के कछार में तो लड़कियाँ अकेली जाती नहीं। दूर तो कुछ भी नहीं, यंही तीन कोस जगह होगी पर जाये कैसे? कोई देखेगा तो कहेगा—इसे अभी से मज़ार से क्या मतलब? जब रहीम भाई के बदन पर दाने फूले थे, अम्मा उसे साथ ले गयी थी पर अब वह कैसे जाये?

रात पड़ गयी थी। दिन की धूप और लू सूरज के साथ सिमिटकर पश्चिम दिशा की ओट जा छिपी थी। जेठ की कृष्णपक्ष की पंचमी का चाँद क्षितिज पर उठते-उठते हवा ठण्डी पड़ने लगी। दिगंत तक फैले बंजर में रेत का स्पर्श शीतल हो गया था। छोटी-छोटी झाड़ियों, डेले, पीलू, आक और जंड के कुड़मुड़ाये से वृक्ष तपती वायु में हू-हू करने के बाद शान्ति की साँस ले रहे थे। एक नीरव शान्ति बंजर की सीमा तक फैल गयी थी। कहीं भैंस की पीठ पर पूँछ फटकार लेने या कभी धीमे से जानवरों के खुर बदल लेने का शब्द सुनाई दे जाता था। कभी कहीं किसी कुत्ते के निरुद्देश्य हवा में मुख उठाकर जरा-सा भौंक देने की आवाज आ जाती थी।

चन्ना के बाप का सबल श्वास खुरटि के स्वर में बदल कर रात के सन्नाटे को और भी गम्भीर बना रहा था। उसकी माँ साथ सोये बेटे की पीठ पर ममता का हाथ रखे बेसुध पड़ी थी। अशान्ति सब के भाग की सिमिट कर चन्ना के ही हृदय में समा गयी थी। उसकी फैली हुई आँखों में कोसों नींद का पता न था। एक इच्छा उसके मन और मस्तिष्क को बेचैन किये थी—किसी तरह एक बार चनाब के कछार में, सांई के मज़ार पर मन्नत मान आये कि मम्दा के सिर पगड़ी बँध जाये। वह तो मम्दे की हो चुकी; उसी की होकर रहेगी।

विस्तृत बंजर के ऊपर धूमिल आकाश में पीला चाँद चमक रहा था। चन्ना उसकी शीतलता में छटपटा रही थी और अपनी काली चादर को आँसुओं से तर कर रही थी। रोने से क्या होगा! सांई के मज़ार पर मन्नत माने बिना तो कुछ हो नहीं सकता और दिन में मज़ार पर उसे कोई जाने क्यों देगा!

खाट की पटिया पर शरीर का बोझ सम्भाल कर चन्ना चुपके से उठी कि खाट चर्रा न उठे। पंजों के बल अम्मा और अब्बा की खाटों से बचकर निकल गयी। परिचित शरीर की गंध पाकर सांड़नी ने अपने नोकीले कान खड़े कर शंका से उसकी ओर देखा। चन्ना ने हाथ उठा कर उसे चुप रहने का इशारा कर दिया। बाड़े के पास भूरे कुत्ते ने उसे देख कर पूँछ हिलायी। होंठों पर उँगली रखकर उसे भी चुप रहने का संकेत किया। बाड़े के खटके को हटा कर और फिर से लगाकर वह बाहर निकल गयी।

कुछ कदम वह तेज़ चाल से चली और आहट का भय न होने पर दौड़ने लगी। लम्बी राह में कई बार किसी झाड़ी या जंड के वृक्ष को देखकर भूत के सन्देह से उसका कलेजा धक्-धक् करने लगा। वह 'या अली!' पुकारकर और सांई का ध्यान करके आगे बढ़ती गयी।

मज़ार पर खड़े बेरी के वृक्षों की टेढ़ी शाखाओं की छाया सांई के खड़िया मिट्टी से पुते तकिये पर पड़ रही थी। तकिये के आले में चिराग की पतली काँपती हुई लौ जल रही थी। दीपक का प्रकाश सामने फैली हुई छाया और चाँदनी की चित्रकारी को अपने धुँधले लाल प्रकाश में झिलमिला-सा बनाये दे रहा था।

चन्ना रात के सन्नाटे में मज़ार पर चिराग जलता देखकर घबरायी। ये कौन वहाँ पहले से ही आ बैठा है? किसी दूसरे के सामने मज़ार पर कैसे जा सकेगी? यों इतनी दूर आकर क्या मन्नत माने बिना उसे लौट जाना पड़ेगा?

अम्मा और पास-पड़ोस की स्त्रियों से चन्ना ने सुना था कि कछार के सांई की महिमा पीरों में इतनी है कि भूत और जिन्न भी उनके तकिये पर सिजदा करने आते हैं, मन्नत के चिराग जला जाते हैं। तब बेरी की डालियों से सीरिनी और फूल झड़ते हैं। चन्ना ने आँख मूँद कर कहा—या अली! और मन ही मन सांई को सिजदा किया। अली के नाम से जो न भाग जाय ऐसा कौन जिन्न हो सकता है?

चिराग के धुँधले लाल प्रकाश से नाचती हुई शाखाओं की छाया में तकिये के पैताने दुआ माँगने बैठा आदमी जैसा का तैसा बना रहा। चन्ना साहस कर दबे पाँव आगे बढ़ी कि देखें तो कौन है? पत्तों की सरसराहट में उसे अपना ही नाम सुनाई दिया। चन्ना के शरीर में एड़ी से चोटी तक

बिजली-सी कौंध गयी। चौकन्ने कानों ने सुना और आँखें फाड़-फाड़ कर देखा। उसने पहचाना, मम्दा था।

मम्दा सांई के हुजूर में दुआ माँग रहा था कि चन्ना उसे मिले।

चन्ना निर्भय होकर आगे बढ़ गयी। उसने अपना माथा सांई के तकिये पर टिका दिया और मन्नत मानी कि जल्दी मम्दा के सिर पगड़ी बँधे और मम्दा का निकाह उससे हो जाय। वह निकाह के बाद पहली जुम्मेरात (बृहस्पति) को तकिये पर चद्दर और सीरिनी चढ़ायेगी।

चन्ना ने मन्नत मानकर मम्दा की ओर देखा।

चन्ना ने धुँधले लाल प्रकाश में देखा, मम्दा की सतृष्ण आँखें उसी की ओर लगी थीं। वे दोनों समीप आ गये। मम्दा ने चन्ना को बाँहों में ले लिया। चन्ना ने अपना सिर उसके सीने पर टिका दिया। मम्दा ने धीमे स्वर में पुकारा—"चन्ना!"

चन्ना ने नेत्र झपका कर हामी भरी।

मम्दा ने कहा—"चन्ना, मैं तेरे बिना जी न सकूँगा।"

चन्ना ने आँखें पोंछकर मम्दा को बताया—"आजकल अब्बा फ़ज़ल के बेटे नारू का जिक्र करता है।" और फिर कहा, "मैं तो मर जाऊँगी तेरे बिना पर मेरा बाप क्या करे? तेरी तो अभी तक पगड़ी भी नहीं हुई। तेरे बाप को हो क्या गया है? तू मर्द बच्चा है! आखिर कब तक ऐसे बैठा रहेगा? कार नहीं करेगा तो क्या करेगा? तेरे लिए यह कौन बड़ी बात है। मम्दा, मैं कब चाहती हूँ तू खतरे में पड़े पर जांगली के मर्द-बच्चे को तो यह करना ही है। सांई का हुक्म है और अपनी जात की रीति है और तू खतरे में काहे को पड़े? ऐसे ही कोई छोटी-मोटी कार कर ले। कौन बड़ी बात है? कोई मुसाफिर ही मिल जाता है। शहर बाज़ार हैं; वहाँ पुलिस बहुत है, पर सुनते हैं कि लोग डरते भी बहुत हैं। देख, वह रब्बे का बेटा सद्दू भी क्या मर्दों में मर्द है! सुनते हैं ओकाढ़े के बाज़ार से किसी मुसाफिर की घोड़ी की पुरानी काठी उठा लाया। लोग दो दिन हँसे पर क्या··· पगड़ी तो बाँधे फिरता है। वह मर्द तो हो गया··· निकाह भी हो जायगा! तेरे अब्बा का तो कितना नाम था!"

चन्ना सिसक-सिसक कर रोने लगी और बोली—"सांई और पीर की दुआ से तेरा बाल न दुखे। मैं तुझ पर सौ बारी सदके (निछावर) जाऊँ। तेरी बलाएँ मुझे लगें···।"

मम्दा ने चन्ना का सिर सीने पर रख कर प्रण किया कि वह जल्दी ही कार करेगा। वह डरता थोड़े ही है पर बूढ़े बाप का क्या करे? वह उसे आँख से ओझल नहीं होने देता। उसने चन्ना के सिर पर हाथ धर कहा—"मेरी चन्ना, तेरी दुआ से इस जुमेरात तक ही देखना कुछ कर दिखाऊँगा। फिर तो तू मेरी होगी न?"

बहुत देर तक दोनों अपने धड़कते हुए हृदयों को मिला, एक-दूसरे को आश्वासन देते और पाते रहे। चन्ना ने घबराकर कहा—"देख, अब चलें! छिप कर आयी हूँ। अब्बा की नींद का क्या··· चलूँ! मुर्गा बोलने का समय हो रहा है।"

चन्ना पूरी शक्ति से दौड़ती हुई लौट चली। उसे भय न था, थकान न थी। सांई का आशीर्वाद और मम्दा का प्यार उसके हृदय में था। भूरा कुत्ता आहट पाकर चौकन्ना होकर गुर्राया परन्तु गन्ध पहचान कर दुम हिलाने लगा। चन्ना उसके सिर पर हाथ फेर कर चुपके से खाट पर जा लेटी। शांति और आश्वासन से उसे नींद आ गयी।

बस्ती में खबर आयी कि मम्दा ने साहीवाल के सरकारी अस्तबल की एक अरबी घोड़ी संगीनों के पहरे में से निकाल ली। खबर से बड़े-बूढ़ों की आँखें प्रसन्नता से चमक उठीं। ऐसी बड़ी कार और जवांमर्दी की बात मुद्दत से किसी ने नहीं की थी। लोगों ने कहा—"मम्दा आखिर तो कादिर का बेटा है! शेर का बच्चा शेर ही होगा, गधा तो हो नहीं जायगा।"

चन्ना ने भी खबर सुनी और उसका मन उत्साह से उछल पड़ा। चनाब के कछार की ओर मुँह करके उसने मन ही मन सांई की मज़ार को सिजदा किया।

जुमेरात के दिन कादिर के यहाँ से सांई के मज़ार पर चद्दर चढ़ाने की बधाई में चन्ना के घर भी सीरिनी का कटोरा आया।

चन्ना उस रात हृदय में उछलते उछाह को दबाये खाट पर दम रोके लेटी हुई माँ-बाप की बात सुनती रही। अम्मा कह रही थी—"मम्दा तारों में चाँद की तरह है। मैं तो पहले ही कहती थी—बड़े घर का लड़का है, उसे ज़रूरत क्या थी पर अपनी जात का धर्म उसने पूरा किया। कार भी

ऐसी की कि रहे नाम सांई का! अब उसकी पगड़ी हो जाय तो चन्ना का निकाह उससे करा दें। देखते नहीं हो, लड़की की क्या उम्र हो रही है! ...उसे भी तो अपना मर्द चाहिए।"

बाप ने कहा—"हाँ, तो मैंने कब और कुछ कहा है। मैं तो वही देख रहा था कि लड़के की पगड़ी हो जाय।"

आस-पास की बस्तियों में खबर फैल गयी कि कादिर के लड़के मम्दा की पगड़ी होने वाली है। मम्दा मिंटगुमरी के बाजार से खरीदा हुआ डेढ़ बर कोरे लट्ठे का लाचा (तहमत) बाँधता और हरी लाल रेशमी मिर्जई पर अद्धी की मलमल का कोरा कुर्ता, पूरे बर की आस्तीन का पहिरे रहता। पगड़ी अभी सिर पर बाँध न सकता था परन्तु मलमल में बट चढ़ाकर दुपट्टे की तरह गले में डाले रहता। गर्दन तक छँटे उसके चिकने बालों में जड़ाऊँ कंघी और पैरों में झंग की बनी कामदार जूती जगमगाती रहती। अपनी नीली घोड़ी को हमेल पहना कर उसके सुमों में घुँघुरू बाँधे, इस गाँव से उस गाँव निकल जाता। बस्तियों में जवान लड़कियों की माताएँ अपनी बेटियों के सिर में घी लगाकर, उनके बाल माथे पर खींच कर कानों को ढक कर बाँध देतीं। बेटियों की आँखों में सुरमा लगाकर उन्हें नये कपड़े के नीले कुर्ते और काले तहमत बाँधने को दे देतीं। ईद में अभी बहुत दिन थे पर ढोल की आवाज के बिना ही ईद का रंग दिखाई देने लगता। चन्ना चुप थी। उसकी आँखों और गालों पर गुलाबी झलक छायी रहती थी। कोई मम्दा का जिक्र करता तो उसकी पलकें झुक जातीं।

साहीवाल के सरकारी अस्तबल में चोरी हो जाने के कारण गाँव-गाँव तहकीकात हो रही थी। कादिर का गाँव साहीवाल से चालीस कोस दूर था। परन्तु इससे क्या? कादिर बेपरवाह न था। उसके यहाँ आये दिन ही तहकीकात होती रहती थी। पुलिस का विश्वास था कि सौ मील के घेरे में कहीं चोरी हो, कादिर के यहाँ पता चल जायगा। जानवर का रंग बदलने और उसे छिपाने के लिए 'बार' भर में कादिर का घर अड्डा था।

चन्ना की माँ ने सुबह छाछ की चोटी में से मक्खन का भारी गोला निकाल कर छाछ का छन्ना भर कर चन्ना के बाप के सामने रखा और

हाथ की चिकनाई सिर से पोंछते हुए चिंता के स्वर में बोली—"दुश्मन के सिर सांई का कहर गिरे पर मम्दा को कुछ भला-बुरा हो गया तो क्या होगा? तुम सांई के मज़ार पर मन्नत तो मान आओ!"

चन्ना के बाप ने छाछ का छन्ना एक सांस में खाली कर अपनी तराशी हुई मूँछों को होंठों से पोंछते हुए कहा—"जमाना तो बुरा है। इधर अपने कई जवान फिरंगी की जेलों में पड़े हैं। जांगली फिरंगी को टिक्कस (कर) नहीं देगा इसलिए फिरंगी की सरकार जांगली से दुश्मनी मानती है। सरकार चाहती है कि जांगली खेती करे और फिरंगी को टिक्कस भरे।"

चन्ना की माँ छाछ की चाटी कोने में टिका कर विस्मय से हाथ मल कर बोली—""हाय-हाय, ऐसा भी कभी हो सकता है! हाय अल्ला, ऐसे जुल्म तो कभी नहीं सुने थे। जो बाप-दादा ने कभी नहीं किया, वह कोई कैसे कर सकता है?"

उसी समय बाड़े के बाहर घोड़े की टाप सुनाई दी। पड़ोस की बस्ती से एक जवान आया था। उसने खबर की कि पुलिस और फौज कादिर के सारे कुनबे को घेर कर पकड़ ले गयी है।

चन्ना की माँ नूरी ने सौ-सौ लानत फिरंगी के जुल्म को दीं।

चन्ना के बाप ने गम्भीर चिन्ता में डूब कर कहा—"अब किसी की इज्जत नहीं बच सकती। फिरंगी सरकार कादिर को जरायम पेशा वाले इलाके में कैद कर देगी। वहाँ सरकार जांगली से जबरदस्ती हल चलवा कर खेती कराती है। हथियार लेकर लकड़ी छीलनी होती है। ऐसी हाल से मौत अच्छी! अब कयामत तो हो ही रही है। मेरे बाप के जमाने में माल एक दफे चनाब और जेहलम के इस पार आ जाता था तो उसका पता शैतान को भी नहीं लग सकता था। अब जमाना यह है कि घर आये पशु लौट जाते हैं। अब जीने का क्या धर्म?"

चन्ना की माँ ने सिर पीट कर कहा—"चनाब और जेहलम के बीच के इस देश को आग लग गयी। अब कैसे किसी की इज्जत बचेगी? ...हाय चन्ना का क्या होगा?"

"होगा क्या?" बेबसी और क्रोध में लम्बी साँस खींच कर चन्ना के बाप ने कहा, "यहाँ रहने का अब धर्म नहीं रहा। जांगली की औलाद होकर हम क्या कमीन किसान की तरह हल जोतेंगे और कारीगर की

तरह दस्तकारी करेंगे?" उसकी आँखों से आग बरसने लगी। उसने कहा, "आग लगा दो इस छप्पर में! तू सांडनी पर बैठना, मेरे लिए घोड़ी है। कपड़ा-लत्ता भैंस पर लाद लेंगे और इस देश को छोड़ जायेंगे। वहीं जाकर रहेंगे जहां फिरंगी का राज न होगा, जहाँ रेल का शैतान न होगा, जहाँ नहरों के जाल न होंगे। अल्ला की बनायी धरती को फिरंगी ने टुकड़े कर दिये और पानी को बाँध दिया। इस कुफ्र का नतीजा और क्या होगा? ऐसी जगह किसी का ईमान कैसे रह सकता है! लाहौल वला कूबत! तोबा मेरे सांई सच्चे!"

"अब चन्ना का क्या होगा?" रोते हुए नूरी ने पूछा।

चन्ना के बाप ने उत्तर दिया—"जवान लड़की का माँ-बाप के घर में क्या मतलब? उसे अपने मर्द के यहाँ जाना चाहिए। मैं कभी से कह रहा था फज़ल का बेटा नारू तगड़ा जवान है। उससे चन्ना का निकाह कर दे पर तूने माना नहीं। औरत की बात चलने से ऐसा ही होता है। मैं आज ही जाता हूँ फज़ल के घर!"

माँ सिर धुन कर रह गयी।

चन्ना सारा दिन घुटनों में सिर दिये बिलख-बिलख कर सांई सच्चे की दुहाई देती रही।

तीसरे दिन दोपहर में सांई के मज़ार पर तुरही और ढोल बजाकर नारू और चन्ना का निकाह पढ़ा दिया गया। दूल्हा-दूल्हिन दोनों ने मज़ार पर सिजदा किया। चन्ना ने आँखों के आँसू पीकर दिल ही दिल दुआ माँगी—"या सांई सच्चे, मेरे मम्दा का तू ही रखवारा है। तेरा ही एक भरोसा है।"

और चन्ना नारू के दुपट्टे से अपनी चूनरी का छोर बाँधे उसके गाँव चली गयी।

●

जबरदस्ती

सुनन्दा एक पहेली है। कभी वह बोलने लगती है तो बहुत कुछ बोल जाती है; ऐसी बातें जो कोई दूसरी स्त्री नहीं कह सकती, जो कहनी भी नहीं चाहिए। यों किसी के दिल की बात का क्या कहा जा सकता है? कितनी ही बातें हैं जो कितने ही दिलों में घुट-घुट कर रह जाती हैं।

सुनन्दा चुप हो जाती है तो फिर बोलती नहीं। प्यार और स्नेह का उत्तर जली-कटी बात और ताने के रूप में देती है। काटने को दौड़ती है, मानो चाहती है कि उससे कोई न बोले और वह अपने एकान्त में तकिये को आँसुओं से तर करती रहे।

मैं राधा की बात कह रही थी जो ससुराल में सब कुछ होते हुए भी कभी प्रसन्न नहीं दिखाई देती।

सुनन्दा ने तड़प कर कहा—"तुम्हें किसी की नाराजगी और खुशी से क्या मतलब? क्या तुमसे पूछ कर ही सबको खुश और नाराज होना चाहिए? तुम्हें क्या मालूम कौन नाराज है और कौन खुश? तुम्हें क्या मालूम मैं नांराज हूँ या खुश?" उसका चेहरा लाल हो गया और उसने मुँह फेर लिया।

एक आध धमकी से ही चुप हो जाने की आदत मेरी भी नहीं है। जवाब दिया—"नाराजगी का कारण भी तो होना चाहिए। सास उसके नहीं जो दिक करे। ससुर दूर गाँव में रहता है। खाने-पहरने की कमी नहीं। पति अच्छा कमाने वाला, देखने और लियाकत में हज़ारों में एक है।"

सुनन्दा ने बिगड़ कर कहा—"तुम अपनी पसन्द की बात कह रही हो या राधा की? खाने का अन्न, ओढ़ने का वस्त्र, सन्तान का बोझ लाद लेने को एक पति मिल जाना ही सब कुछ है? गौशाला की गौ बन जाना ही संतोष का कारण होगा ? इन्सान के दिल और दिमाग का संतोष कुछ नहीं?"

"मन माफिक पति···" मैं कहने जा रही थी।

सुनन्दा ने मेरी बात काट दी और बोली—"मन माफिक क्या होता है? क्या मन सदा एक-सा रहता है? क्या आँखों को सदा एक ही रंग भाता है? क्या एक ही किस्म की खुशबू सदा अच्छी लगती है? क्या एक ही राग कानों को सदा अच्छा लगता है? और फिर आज जो कुछ देख या समझ पाया है, उससे अच्छा देख या समझ पाना सम्भव नहीं?" अपनी बात बीच ही में छोड़ कर वह कुछ सोचने लगी और फिर बोली, "नहीं-नहीं, ऐसा नहीं होना चाहिए! ···अगर ऐसा हो, खास तौर पर औरत के लिए तो वह उसका पाप है, उसका दुर्भाग्य है।" उसका चेहरा दुख से काला पड़ गया मानो किसी डर से उसने आँखें बन्द कर लीं।

सुनन्दा का लड़का केक्कू रोनी सी आवाज में ठुनकता हुआ भीतर से निकल आया। सुनन्दा को तसल्ली देने के लिए मैं उसके बच्चे को गोद में लेकर प्यार करने लगी। सुनन्दा ने बच्चे की ओर देखकर मुँह फेर लिया, मानो बड़ी अप्रिय जिम्मेवारी उसके सामने आ खड़ी हुई हो।

सुनन्दा खीझ उठी—"इस कमबख्त आया को जाने क्या हो जाता है? बच्चे को मेरे ही सिर पर पटक जाती है।"

"हाय-हाय, कहती क्या हो?" बच्चे को गोद में खींचते हुए ताने भरे लहज़े में मैंने कहा, "क्या तुम्हें अपना बच्चा प्यारा नहीं लगता?"

सुनन्दा ने रूखी आँखों से एकटक मेरी ओर देखा और कहा—"सच कहूँ, नहीं लगता।"

जो बात अब तक कभी न सुनी थी वही सुनकर मैं हैरान रह गयी …माँ को बच्चा प्यारा नहीं लगता। आग्रह से पूछा, "आखिर मतलब क्या है?"

"मतलब बहुत कुछ है और कुछ भी नहीं।" कह कर उसने जो गहरी साँस खींची, वह मेरे सीने से पार हो गयी। उसकी आँखें खुश्क थीं परन्तु मेरी आँखों से आँसू टपकने लगे।

सुनन्दा ने कुछ नरम पड़ कर कहा—"कला, जानती हो, बच्चे प्यारे क्यों लगते हैं?"

"बच्चे तो प्यारे होते ही हैं।" मेरे पास और क्या उत्तर था?

सुनन्दा ने मेरी आँखों में घूर कर पूछा—"चाहे मजबूरी में ही क्यों न उन्हें पेट में ढोना पड़े! अपने जीवन की सम्पूर्ण शक्ति लगा कर जिस चीज़ को तुझे तैयार करना पड़े, वह तेरे मन माफिक न बने तो तुझे संतोष होगा? …डूब मरने को तेरा दिल नहीं करेगा? जब तू जानती है कि तुझ पर बोझ लादा जा रहा है; बल्कि जब तुझे मालूम हो कि तेरे शरीर के लहू और मांस से तेरे मन के खिलाफ एक आदमी तैयार किया जा रहा है, तब तुझे कैसा लगेगा? एक आदमी बेजान, बेहिस, जिसमें हिम्मत नहीं, हौसला नहीं।"

सुनन्दा चुप हो गयी और कुछ देर में फिर बोली—"तुम जानती हो ये तो किसी से मिलते-जुलते नहीं परन्तु इनके छोटे भाई के मिलने-जुलने वाले बहुत हैं। इस मार्च में उनके एक दोस्त आये। आदमी मैंने भी बहुत देखे हैं परन्तु वह कुछ अजीब थे।"

सुनन्दा ने एक लम्बी साँस ली और बोली—"उनका सब ढंग निराला था और लोहे की कील की तरह वह मेरे दिमाग में गड़ता चला गया। वे दुपहर में आये थे। देवर ने कहा—इन्हें कुछ पिलाओ!

"नौकर पानी ले आया। उसके हाथ से गिलास लेकर मैंने कहा—बरफ नहीं है, जरा ठहरिये; अभी आ जाती है, यों पानी अच्छा नहीं लगेगा।

"एक मुस्कराहट से पानी का गिलास उन्होंने मेरे हाथ से ले लिया और बोले—वाह, आपका हाथ छू जाने पर भी अच्छा न लगेगा।

"वे पानी पी गये। उनकी वह मुस्कराहट और उनका वह ढंग! मैं धक्-सी रह गयी। कुछ बोल न सकी परन्तु सिर मेरा घूम गया। समझ न सकी कि अच्छा लगा या बुरा?

"देवर ने कहा—यह मजदूरों के लीडर हैं। जेल से आ रहे हैं। शाम को इन्हें लेक्चर भी देना है। खूब ख़ातिर करना ताकि खूब बकें और फिर आराम से जेल काटें।

"वे बाहर गुलाब की झाड़ी के पास कुर्सी पर बैठे अख़बार पढ़ रहे थे। उन्हें किसी चीज़ की ज़रूरत तो नहीं; जानने के लिए बहुत शर्माते हुए उनके पास जाकर पूछा—जेल में आपको बहुत तकलीफ रही होगी। कितने दिन आप वहाँ रहे?

"वे कुर्सी से उठ खड़े हुए और बैठने का इशारा किया—बैठें तो सुनाऊँ आपको। कुर्सी को फूलों के पास सरकाकर उन्होंने कहा, यहाँ बैठिये, फूलों के पास। जेल में फूल तो देखने को मिल जाते हैं परन्तु स्त्री कभी देखने को नहीं मिलती थी।

"उन आँखों के सामने बैठना मेरे लिए मुश्किल हो गया परन्तु वहाँ से उठ कर जाया भी तो नहीं जा सकता था। उनकी ओर मैं देख नहीं रही थी, परन्तु उनकी नज़र को अपने शरीर पर अनुभव कर रही थी जैसे बिजली की लिफ्ट में जमीन से पैर उखड़े हुए मालूम होते हैं, वैसे ही कुछ मुझे अनुभव हो रहा था। उससे पहले तो कभी ऐसा जान नहीं पड़ा था।

"उन्होंने कहा—जेल में कष्ट होने की बात आप पूछती हैं। जेल तो बनाया ही गया है तकलीफ़ देने के लिए। जैसे आपसे सुख मिलना स्वाभाविक है वैसे जेल से कष्ट मिलना स्वाभाविक है।

"मैं सुख दे सकती हूँ—यह कितनी बड़ी बात है; उन्होंने ही मुझे यह सुझाया। इच्छा होती थी कि उनकी नज़र मुझ पर बनी रहे लेकिन भय भी लगता था।

"दूसरे दिन सिर धोकर बाल सुखाने के लिए मटर के फूलों की टट्टी की ओट में बैठी थी। कदमों की आहट पाकर देखा, सुबह का अख़बार लिये वे चले आ रहे थे। हाथ की सलाइयों को फेंक कर झट से आँचल सीधा किया।

"उन्होंने कुछ झेंपते हुए कहा—क्षमा कीजिये, मुझे नहीं मालूम था कि यहाँ नहीं आना चाहिए। ऐसी सुन्दर जगह आपने अपने लिए रिजर्व कर रखी है। वह लौट जाना चाहते थे। आँचल सिर पर सँभाल कर मुझे कहना पड़ा, 'नहीं आइये! यदि यह फूल आपको पसन्द हैं तो इन्हें देखिये।'

"लेकिन अच्छी चीज़ों को छिपाकर रखने का कायदा जो है। आपके बाल किसी को तकलीफ तो देते नहीं। फिर उन्हें छिपाया क्यों जाय? क्षमा कीजिये, यदि मैं आड़ से आपको देखता रहता तो? आपका कुत्ता या नौकर आपको देखता रहे तो कोई एतराज नहीं। जो देखना चाहता है, जो समझ सकता है उसी से छिपाया जाता है।

"उनकी बातों से घबराहट होने लगी। उन्होंने कहा—आपको परेशानी हो रही है, मैं जाता हूँ।"

"नहीं, कोई परेशानी नहीं है। मैंने कहा और कुछ कह न सकी।

"उन्होंने कहा—तो फिर वैसे ही बैठिये।

"बड़ी कठिनता से सिर ऊँचा किया। वे बोले—नहीं, तब तो आप साड़ी के आँचल में पार्सल नहीं बनी हुई थीं। ब्लाउज के बटन भी पूरे नहीं लगे हुए थे।

"मुझसे बैठे न रहा गया। उठी और आकर अपने बिस्तर पर लेट गयी। लेटना भी मुश्किल मालूम होता था। मन चाहता था फिर वहीं जा बैठूँ परन्तु कैसे चली जाती!

"शाम की चाय बैठक में रख दी गयी थी। उन्हें चाय के लिए बुलवाया। और कोई वहाँ था नहीं। सामने बैठकर उन्होंने कहा—मैं डर गया था कि आप नाराज़ हो गयीं। मैंने आपको तकलीफ दी लेकिन उसमें मेरा कुसूर भी क्या था? अगर कोई चीज़ अच्छी लगती है और मुझे अच्छी लगती है तो यह कुदरत का कुसूर है। मेरा मतलब नहीं कि हम जानवर बन जायँ, पर इन्सान तो रहें।

"कुछ देर चुप रह कर उन्होंने कहा—आप तो बोलतीं ही नहीं; क्या मैं बहुत बक-बक करता हूँ? क्या सब कुछ गलत सोचता हूँ? और मेरी तरफ देखने लगे।

"मैंने बहुत कठिनता से उत्तर दिया—नहीं, आपने अनुचित कुछ नहीं कहा परन्तु मैं क्या कहूँ? मैं तो कुछ सोचती ही नहीं। कह तो गयी परन्तु स्वयं अपनी यह कमी मान लेना भला भी मालूम नहीं हुआ।

"उन्होंने बात पकड़ ली—जी! मैं भी कहता हूँ कि आप सोचती नहीं। और लोग भी नहीं सोचते। हम आजादी-आजादी बहुत चिल्लाते हैं परन्तु उसका मतलब? खास कर स्त्रियों के लिए आजादी का मतलब? उनके घर हैं, पति हैं परन्तु यह सब क्या सोच-समझ कर उनकी इच्छा से होता है? उन्हें जिस दड़बे में बन्द कर दिया वहीं अण्डे-बच्चे देने लगीं।…

"क्षमा कीजिये क्या कह गया! परन्तु स्त्रियों की अपनी इच्छा का सवाल कहीं नहीं है। फिर उनकी आजादी किस बात की? पुरुष ही इसका निश्चय करेंगे कि स्त्री को आजादी चाहिए या नहीं और चाहिए तो कितनी मात्रा में! स्त्रियों का जितना सदाचार और इखलाक है, सब मर्दों का बनाया हुआ है। मेरा विचार है कि जबरदस्ती सदाचारी और सआदतमन्द बना दिये जाने से आदमी बिना इखलाक ही अच्छा।

"वे चुप होकर मेरी तरफ देखते रहे और फिर पूछ बैठे—मैं बहुत बेहूदा बकवास कर रहा हूँ ?

"नहीं, मैंने जवाब दिया, आप ठीक कह रहे हैं।

"बातें ठीक कह रहा हूँ पर आदमी अच्छा नहीं हूँ? उन्होंने कहा।

"नहीं, आप बहुत अच्छे आदमी हैं। मुझे कहना पड़ा। दिल तो कुछ और कहने को भी छटपटा रहा था परन्तु जबान पत्थर की हो रही थी।

"वह जोर से हँस पड़े और बोले—सच कहती हैं? तो फिर आप मेरे जैसा एक और आदमी पैदा कर दीजिये न।

"मेरा सिर शर्म से झुक गया। ऐसा जान पड़ा कि अभी उनका हाथ मेरे कंधे पर आ जायेगा।

"क्या कह गये, यह सोचकर वे घबरायी-सी आवाज में बोले—देखिये, मुझसे डरने की कोई जरूरत नहीं है क्योंकि मैं जबरदस्ती में विश्वास नहीं रखता और स्त्रियाँ पसन्द करती हैं केवल जबरदस्ती। उनका अच्छा या बुरा सब काम जबरदस्ती में होता है। धर्म और पुण्य भी जबरदस्ती करवाने पर करती हैं। पाप करती हैं तो मजबूर होकर। जबरदस्ती और मजबूरी ही मुझे नापसन्द है।

"वे उठकर चले गये। उसी रात हमारे यहाँ से भी चले गये। छोड़ गये अपनी याद और एक बात—जबरदस्ती!"

सुनन्दा की आँखें गुलाबी हो गयीं। उसके स्वर से जान पड़ता था मानो उसके प्राण प्रतिहिंसा की व्याकुलता से छटपटा रहे थे। गला बेबसी के कारण रुँधा जा रहा था।

उसकी पीठ पर हाथ रख कर मैंने समझाया—"सुनन्दा, यह कैसी बहकी-बहकी बातें करती हो तुम! तुम्हारे चेहरे की वह हँसी, तुम्हारा वह संतोष कहाँ गया? तुम्हें ये क्या सनक लग गयी है?"

मेरी आँखें करुणा से फिर डबडबा आयीं।

सुनन्दा ने उपेक्षा से मेरे आँसुओं का तिरस्कार कर उत्तर दिया—"मुझे सनक लग गयी है? ···कला, तुम ठीक कहती हो, मुझे सनक लग गयी है। कला, पिंजरे में पैदा होने वाले पक्षी को कभी खयाल नहीं आता कि वह खुले आसमान में उड़ सकता है, वृक्षों से ताजे फल चुग सकता है। उसे कभी ऐसी इच्छा भी नहीं होती परन्तु एक बार यह जान लेने पर कि खुले आसमान में पर फैलाकर उड़ सकना चाहिए और वह उड़ सकता तो सोने का पिंजरा और घी की चूरी उसके लिए कलंक हो जाती है! इसे सनक ही कहना चाहिए, कला!

"जब तक जाना न था सब ठीक था परन्तु एक बार जान लेने पर फिर अनजान कैसे बना जाये? ···कला, हमारा सबसे बड़ा शत्रु वह है जो अनजान और नासमझी की सुख-निद्रा को बरबाद कर देता है।"

सुनन्दा ने अपने बच्चे और मकान की तरफ इशारा कर कहा—"यह सब क्या है? एक जबरदस्ती! राधा का जीवन क्या है, जबरदस्ती और मैं सोचती हूँ, अपनी इच्छा की बात···!"

●

हलाल का टुकड़ा

कांग्रेस स्वराज्य और न्याय के लिए लड़ाई लड़ रही थी। सत्य और अहिंसा पर बलिदान हो जाने के लिए तैयार थी। कांग्रेस का शस्त्र था सत्याग्रह। उन्हें भरोसा था भगवान का।

अंग्रेज सरकार ने व्यवस्था की रक्षा का कर्तव्य पूरा करने के लिए ऐसे उपाय किये कि सत्याग्रह के उपद्रव का अवसर ही न रहे। सत्याग्रह की तैयारी करने के सन्देह मात्र में लोगों को जेल भेज दिया जाने लगा।

सत्याग्रह के कोमल बिरवा के पत्ते और कोपलें, दमन के घाम में बच नहीं सकती थीं इसलिए सत्याग्रह के आन्दोलन की जड़ को गुप्त कार्य की तह में बचाये रखने और फैलाने की स्वाभाविक प्रवृत्ति कांग्रेस के संगठन में जाग उठी थी। सरकार द्वारा नियंत्रित साधनों डाक, तार, रेल से सरकार-विरोधी कार्य को प्रकट रूप में चलाना सम्भव न रहा तो 'सत्याग्रही दूत' भेस बदल कर कांग्रेस के काम से घूमने लगे।

रावत अपने जिले के विशेष उत्साही, चतुर और विश्वासपात्र कांग्रेसी थे। प्रान्त के गुप्त संदेश लाने का गम्भीर उत्तरदायित्व उनके कन्धों पर रखा गया था। उनकी सत्याग्रही सरगरमियों के कारण पुलिस भी

उनके पीछे थी। पुलिस की नज़र बचाये बरेली से गाड़ी चढ़कर, प्रत्येक स्टेशन पर पुलिस द्वारा पहचान न लिये जाने का निश्चय करते हुए वे लखनऊ पहुँच गये थे।

लखनऊ में पहुँच कर अमीनाबाद के पश्चिम, एक खास मोहल्ले की खास गली में उन्होंने एक मकान तलाश किया। मक़ान पर उन्हें बताये गये चिह्न मौजूद थे; दूसरी मंजिल के बरामदे में बाँस की चिकें, नीचे की मंजिल में दरवाज़े के दोनों ओर दो खिड़कियाँ। मकान की दीवार पर लाल रंग में दवाई के एक विज्ञापन की छाप थी। रावत ने समझाये गये ढंग से दरवाज़े पर पुकारा। जवाब नहीं मिला। कई बार दरवाज़ा खटखटाने पर चिक की ओट से झुँझलाहट भरा कर्कश स्वर सुनाई दिया—''नहीं हैं घर पर!''

रावत ने दो घण्टे तक अमीनाबाद और फतेगंज़ के चक्कर लगाकर मकान के किवाड़ों पर फिर दस्तक दी। फिर वही स्वर और वही उत्तर—''नहीं हैं घर पर। बाहर गये हैं।''

रावत फिर असफल लौटे परन्तु कंधों पर ली हुई जिम्मेदारी ने हृदय को निराशा और पैरों को थकावट अनुभव करने की आज्ञा न दी। सूर्यास्त के बाद तक लखनऊ के गली-मुहल्लों के कई चक्कर काटकर, पुलिस की सतर्क और सशंक दृष्टि बचाते हुए, रावत ने उसी मकान के किवाड़ तीसरी बार फिर खटखटाये। फिर वही उत्तर—''घर पर नहीं हैं, बाहर चले गये हैं।'' और फिर साथ ही झुँझलाहट सुनाई दी, ''शहर तो छुड़वा दिया फिर भी प्राण खाये जाते हैं।''

रावत का माथा ठनका। क्या मकान का भेद पुलिस पा चुकी है? उसका भी तो पीछा पुलिस चुपके से नहीं कर रही है? उसी समय गली के सिरे पर एक आदमी कुछ संदिग्ध ढंग से खड़ा दिखाई दिया।

रावत ने तेज चाल से गली के दूसरी ओर कदम बढ़ा दिये। दूसरी गली में कदम रखकर उन्होंने पीछे घूमकर देखा, वह संदिग्ध व्यक्ति फिर दिखाई दिया। उस समय कुरते के नीचे पहनी हुई बण्डी की जेब में छिपा कर रखे प्रान्तीय दफ्तर के नाम गुप्त संदेश और दो हज़ार रुपये के नोटों ने उनके पेट में पंजे से गड़ा दिये। प्राणों की बाजी लगाकर इस धरोहर की रक्षा करने के कर्तव्य के निश्चय ने उन्हें उत्तेजित और विक्षिप्त कर दिया। सामर्थ्य भर तेज चाल से वे गली से सड़क की ओर चलने लगे।

गली के फर्श पर पड़ते अपने कदमों की आहट उनके कानों में गूँज रही थी और उस आहट की प्रतिध्वनि की तरह पीछे आते व्यक्ति के कदमों की आहट भी सुनाई दे रही थी। फिर मन और मस्तिष्क की उस बेचैनी में अपने कदमों की आहट लोप होकर पीछा करने वाले व्यक्ति की आहट ही उनके कानों मे गूँजने लगी।

रावत को गली से सड़क पर पहुँच कर भी जान पड़ा कि पीछा करने वाला उनका पीछा किये आ रहा है। ज्यों-ज्यों वे पीछा करने वाले से बचने के लिए भाग कर आगे बढ़ते, पीछा करने वाले का भय बढ़ता जाता। अपने प्राणों का भय उन्हें नहीं था। बण्डी में छिपाकर रखी हुई धरोहर की रक्षा के लिए वे प्राणों की बाजी लगा देने के लिए तैयार थे। उस धरोहर में देश के प्रति उनकी जिम्मेदारी का और अपने आत्मसम्मान का सवाल था। कांग्रेस के गुप्त संदेश की रक्षा करना ज़रूरी था और उसके साथ ही कांग्रेस की दो हज़ार रुपये की रकम की रक्षा भी आवश्यक थी। देश की धरोहर के कारण इस दो हज़ार का मूल्य उस समय उनकी दृष्टि में पचास लाख से अधिक था। इस धन के यों चले जाने से स्वराज्य के कार्य में बाधा आने के अतिरिक्त उनका भी कितना अपमान था। ऐसी अवस्था में गबन का सन्देह कितना स्वाभाविक था।

रावत सड़क पर भी पीछा किये जाने के सन्देह में बायीं ओर की बस्ती और मुहल्लों से भयभीत होकर दायीं ओर के मोड़ मुड़ते गये। पीछे घूमकर देखने के बजाय उन्होंने पूरी शक्ति से भागना ही उचित समझा। सड़क छोड़ कर घास के मैदानों को लाँघते हुए, वे नदी किनारे की सड़क पर पहुँच गये।

आबाद स्थानों से, जहाँ मनुष्य परस्पर एक-दूसरे से सहायता और रक्षा की आशा कर सकता है, रावत को भय लग रहा था। भयंकर निर्जन स्थान, जिनसे मनुष्य सदा डरता है, रावत को उस अवस्था में शरण देते जान पड़ते थे। नदी किनारे की सड़क पर रेल के लोहे के पुल के नीचे से गुजरते समय गोमती की ओर से आती हुई भींगी और शीतल वायु ने रावत को याद दिलाया कि लम्बी दौड़ और भय के कारण उनका गला प्यास से सूख रहा था और जिह्वा ऐंठ रही थी। थके पैर बोझल होकर आगे चलना असम्भव हो रहा था। मनुष्य की दृष्टि के भय से बचने और नदी के जल से प्यास बुझाने के लिए रावत सड़क से नदी के

किनारे की रेती पर उतर गये। झाड़ियों को लाँघ कर नदी किनारे पहुँचे और पक्के घाट की सीढ़ियों से उतर कर पानी के कुछ घूँट पी लिये।

रावत जल के कुछ घूँट पीकर और नदी की वायु से शान्ति अनुभव कर अपनी परिस्थिति की बात सोचने लगे। नदी किनारे के उस सूनेपन में प्रकृति अपना दिल-बहलाव कर रही थी। किनारे के छिछले जल में मेंढक अनवरत स्वर से बोल रहे थे। मेंढ़कों की भैरव टरटराहट के साथ झींगुरों की तीखी झंकार मिलकर उस एकान्त को अत्यन्त शब्दपूर्ण किये दे रही थी। यह सब कोलाहल रावत के लिए नीरवता थी क्योंकि उसमें मनुष्य का शब्द न था। उस समय रावत को मनुष्य से ही भय था। उस समय उन्हें अपने पीछे मनुष्य को आता देखने की अपेक्षा साँप को सम्मुख देख कम भय लगता। नदी तट के उस कोलाहल में एकान्त की शांति पाकर रावत अपनी कठिन परिस्थिति के विषय में सोचने लगे—पुलिस की नज़र से बच कर बरेली कैसे पहुँच सकेंगे? गिरफ्तार होकर जेल जाने से नहीं डरते थे। भय था—सिर पर ली हुई जिम्मेवारी पूरी न कर सकने का।

रावत को नदी किनारे की उस कोलाहलपूर्ण शान्ति में अचानक मनुष्य का स्वर सुनाई दिया। चौंककर अपने बायीं ओर से घूम कर पीछे देखा। उस ओर घाट का आधा भाग, पुरानी बाढ़ के कारण, बीचोंबीच से फट कर तिरछा हो गया था। वहाँ ऊपर की सीढ़ियों पर अँधेरे में, उन्हें तीन व्यक्तियों की छाया-सी दिखाई दी। कान जो कुछ सुन पाये उसे समझ कर रावत के मन से भय दूर हो गया।

रावत ने कुछ देर सुन कर समझा—झगड़ा हो रहा है। झगड़ा कुछ लेने-देने के सम्बन्ध में था। आवाज़ें मर्दानी और जनानी दोनों ढंग की थीं।

स्त्री की कातर आवाज़ ऊँचे स्वर में दुहाई दे रही थी—"यह भी कोई इन्साफ है? दो रुपये देने को कहे थे तुमने अकेले के, यहाँ दो-दो आदमी आ गये और एक रुपल्ली टिकाये जा रहे हैं।"

पुरुष के स्वर ने धमकाकर कहा—"बकने दो साली को। बदमाश कहीं की!"

"अरे लिये जाओ अपना यह रुपया भी, हमें नहीं चाहिए।" स्त्री ने चिल्लाकर कहा, "हम जानेंगे हमने यों ही फेंक दिया और क्या!" स्त्री

कहती चली गयी, "और देखो, हमें यहाँ अकेले छोड़े जा रहे हैं। अरे, हम घर कैसे जायेंगे? इस अँधेरे में हम क्या अकेले जायेंगे? अरे देखो तो, कैसे बेईमान होते हैं यह लोग!"

दूसरे पुरुष की आवाज़ ने धमकाया—"हरामजादी, बहुत बकबक करेगी तो उठाकर दरिया में फेंक दिया जायगा।"

रावत स्त्री की दुहाई सुनकर उठ खड़े हुए। वे दो-एक सीढ़ी ही ऊपर चढ़ पाये थे कि देखा, दोनों मर्द एक साइकिल को रेती में ढकेलते हुए सड़क की ओर जा रहे थे। स्त्री, घाट के टूट कर तिरछे हो गये भाग में अपने कपड़े सम्भालती और दुहाई देती रह गयी।

परिस्थिति समझने में रावत को कठिनाई न हुई। इसीलिए जाते हुए पुरुषों के गुण्डेपन और अत्याचार पीड़िता के दुराचारिणी होने के विचार ने उनके मन में अन्याय और अत्याचार के प्रति उठते हुए विरोध को दबा दिया।

स्त्री ने उन मर्दों को अपने चिल्लाने और दुहाई देने की परवाह न कर चले जाते देखा तो रावत को सुनाने के लिए पुकारा—"हाय-हाय, देखो तो जुल्म! साले बदमाश ठग कर चले जा रहे हैं। दो रुपये देने को कह कर हमें लाये थे। अब एक रुपल्ली फेंके चले जा रहे हैं। साले तमाशबीन बनते हैं!"

स्त्री ने कोई उत्तर न मिलने की परवाह न कर, साड़ी का आँचल कन्धे पर खींचते हुए रावत की ओर देखकर पूछा—"कभी देखे हैं, ऐसे साले पाजी! शौक करने चले हैं, जेब में पैसा नहीं। गुण्डे हैं साले, और क्या! ठग लिया हमको। अरे हम ऐसों की क्या परवाह करती हैं! ऐसे लोग हमारी जूती की नोक से···।"

स्त्री जिस ढंग से हाथ और कमर हिला-हिला कर बात कर रही थी, उससे रावत के मन में उसके प्रति सहानुभूति की अपेक्षा घृणा ही हुई। रावत से कोई सहानुभूति न पाकर भी स्त्री उसी ढंग और स्वर में बोलती चली गयी—"अरे ऐसे लुच्चों की हम क्या परवाह करती हैं! हमारे ताल्लुक तो भलेमानस शरीफों से हैं। हमने ऐसे एक-एक दफे के दस-दस रुपये लिये हैं।"

रावत की उदासीनता से स्त्री को अधिक बोलने का उत्साह न हुआ परन्तु सुनसान का भय उसे व्याकुल कर रहा था। कुछ ही क्षण चुप रह

कर वह दो कदम रावत की ओर बढ़ कर आयी और फिर बोली—"अरे यहाँ कोई इक्का भी तो नहीं मिलेगा और अँधेरे उजाड़ में कोई बदमाश ही मिल जाय तो जान से भी जायें। भैया, तुम चौक ही तो चलोगे! तनिक हमारे साथ-साथ चले चलो हुसैनाबाद के चौराहे तक। चौराहे से हम चली जायेंगी।"

रावत मौन रहे। स्त्री ने रावत की ओर देखा और आत्मीयता के स्वर में पूछा—"भैया, कुछ खाओगे? मिठाई है, गोश्त-पूरी है!"

रावत थके हुए थे, भूख भी थी परन्तु उसके अपवित्र हाथों से कुछ खाने के विचार से मन घृणा से भर गया। समझते-बूझते हुए भी उन्होंने पूछा—"कौन हो तुम? यहाँ आयी कैसे?"

स्त्री ने हाथ से संकेत कर ऊँचे स्वर में उत्तर दिया—"यह देखो न, साले गुण्डे हमें बहका कर ले आये। वापिस पहुँचाने को कह कर लाये थे और यहीं छोड़ गये। हमें सीधी जान कर ठग लिया। हम ऐसे लुच्चों के साथ कहीं थोड़े ही जाती हैं। हमारा नाम फुलिया है। हम 'चावलवाली' गली के मोड़ पर बैठती हैं। अरे हम कहीं गप्पू पहलवान से कह दें तो सालों का सिर फोड़ दें। हम ऐसी-वैसी टकैत थोड़ी ही हैं। शराब पीके आये और कहने लगे, हमारे साथ दरिया पर चलो और यहाँ लाकर छोड़ गये। खुद शराब पी और हमें ताड़ी दी सालों ने।"

रावत के मन में घृणित प्रसंग से उबकाई आ रही थी। क्रुद्ध स्वर में उन्होंने धमकाया—"तुम्हें शर्म नहीं आती, अपने बदन का पेशा करती हो! भगवान ने तुम्हें हाथ-पैर दिये हैं!"

रावत की बात से चुटियाकर स्त्री ने उत्तर दिया—"तो क्या हम किसी की चोरी करती हैं, हम क्या माँग कर खाती हैं!"

स्त्री के उत्तर से रावत की घृणा और क्रोध बढ़ गया—"इससे हज़ार दर्जे अच्छा है माँगकर, चोरी कर खा लो!" उन्होंने कहा, "ऐसे पेशे से मौत अच्छी!"

स्त्री धमकी से चुप न होकर बोली—"एहे बड़े आये! हम क्यों मरें! मौत आये हमारे दुश्मनों को! हम क्या हराम का खाती हैं! किसी के आगे हाथ फैलाती हैं! किसी की चोरी करती हैं!" स्त्री बोलते-बोलते नीचे की सीढ़ियों की ओर झुकी और खाने-पीने की चीज़ें पत्ते लगे छींके

में समेट कर, अकेली ही चलने के लिए तैयार होकर, सीढ़ियाँ चढ़ने लगी परन्तु भय से उसके पाँव ठिठक रहे थे। बोलती जा रही थी—"अँधेरा है। कोई चोर, लुच्चा, डाकू मिल जाय तो और मुसीबत हो···"

रावत घृणा से उसकी ओर देखकर सोच रहे थे—ऐसी निर्लज्ज और दुष्टा को जितना दण्ड मिले अच्छा है। उसी समय खयाल आया—स्वयं रात कैसे बितानी होगी? कुरते के नीचे बण्डी की जेब पर उनका हाथ पहुँच गया।

सहसा घाट के ऊपर की सीढ़ियों पर तीन-चार भारी-भारी लाठियों के पक्की ईंटों पर पटके जाने का शब्द सुनाई दिया और साथ ही ललकार सुनाई दी—"पकड़ लो सालों को!"

रावत के मस्तिष्क में बिजली-सी कौंध गयी—डाकू!

स्त्री भय से रावत के बिल्कुल समीप आकर घिघियाकर बोली—"बचाओ भैया!" स्त्री की आर्त पुकार जैसे रावत के कान में पहुँच नहीं पायी। कांग्रेस के दो हज़ार रुपये और उन्हें बचाने के विचार ने उनके मस्तिष्क को पूर्ण रूप से घेर लिया था। अपने प्राणों पर आये भय की ओर भी उनका ध्यान न गया। उनका हाथ नोटों से भरी बण्डी की जेब पर था। नोटों के लिफ़ाफे को निकाल कर पलक मारते में उन्होंने स्त्री के हाथ के पूरियों के छींके में डाल दिया। उसी समय लाठी का एक जबरदस्त वार उनके कन्धे पर पड़ा। पीठ पर भी लाठी की चोट पड़ी। वे और स्त्री दोनों डाकुओं से घिर गये।

डाकुओं ने सवाल किया—"क्या है तुम्हारे पास, निकालो!"

स्त्री ने हाथ जोड़कर दुहाई दी—"हुजूर अल्ला कसम, यह एक रुपया और यही पूरी-गोश्त है। हम गरीब आप लोगों के टुकड़ों पर जीने वाली हैं। हमारे पास क्या रखा है! हुजूर, हम यहाँ चौक में रहती हैं। पेशा कर रोटी कमाती हैं। बदमाश हमें यहाँ लाकर छोड़ गये। हुजूर, हमारे पास बदन के कपड़े के अलावा कुछ नहीं है।" वह रोने लगी।

ज़ोर से एक थप्पड़ की आवाज़ हुई। सुन्न मस्तिष्क से रावत समझ नहीं सके कि वह चोट उनके अपने ही शरीर पर पड़ी या स्त्री के शरीर पर, परन्तु स्त्री की आवाज़ बन्द हो गयी।

रावत ने देखा स्त्री गिर पड़ी थी। डाकुओं ने उसकी बाँहों से चाँदी के कंगना-छन्नी खींच लिये। उसके गले और कानों के जेवर भी छीन लिये। उसे गाली देकर धमकाया—"चली जा यहाँ से! रास्ते में किसी से बोली तो घर पर आकर कत्ल कर देंगे। कहाँ रहती है तू?"

स्त्री ने आँसू भरे और भयभीत स्वर से अपना पता दोहराया—"हुजूर, फुलिया हूँ, चावलवाली गली में रहती हूँ।" स्त्री सहमी हुई-सी पूरी-गोश्त की टोकरी उठा कर सीने से चिपकाये चली गयी।

इसके बाद रावत को घेर कर उनके गालों पर दो-तीन थप्पड़ लगाकर डाकुओं ने धमकाया—"खोलो सब कपड़े! नंगा-झोरी दो।"

रावत के सब कपड़े उतार लिये गये। जेब में पाये कागज़ों को फाड़कर और तीन रुपये साढ़े छः आने लेकर डाकुओं ने अपनी राह ली। उनका कुर्ता-बण्डी और जूते भी वे लोग ले गये। केवल एक धोती रह गयी। वह भी इसलिए कि उसी से रावत के हाथ-पैर बाँधकर धोती का बचा हुआ छोर उनके मुँह में ठोंस दिया गया था।

जाते-जाते एक डाकू ने रावत को गाली देकर कहा—"साला चला है रण्डीबाज़ी करने, जेब में पैसे नहीं।"

डाकुओं के चले जाने पर रावत ने किसी तरह हाथ छुड़ाकर मुख से कपड़ा निकाला, पैर खोल लिये। धोती कमर में लपेट कर वहीं लेटे रहे। शरीर पर लगी चोटों से होती पीड़ा की कराहट दबाये रहने से मन मुँह को आ रहा था। परन्तु अब और लुट जाने का भय न था। उन्होंने प्राणों पर भय की चिन्ता न कर, कांग्रेस के धन की रक्षा के लिए उसे चतुरता से गोश्त-पूरी की अस्पृश्य टोकरी में डालकर, बचाने की चेष्टा की थी। उस टोकरी को वह निर्लज्ज, पापिन, दुष्टा औरत प्राणों पर आये भय के समय भी न भूली और सीने से चिपटाकर ले गयी थी। रावत क्या कर सकते थे?

रावत लुट तो गये ही थे। उनकी ओर से रुपया जैसे दुष्ट डाकुओं के हाथ जाता वैसे ही उस पापिन औरत के हाथ गया। ज़िले के कांग्रेस कमेटी के सामने वे क्या मुख दिखायेंगे! उनकी बीती पर कोई विश्वास भी क्यों करेगा! उनका मस्तिष्क, चक्कर खाने लगा। उन्हें दिखाई देने

लगा कि उनकी देश-सेवा और त्याग, अविश्वास और अपमान के दलदल में डूब गया। अब वे कैसे किसी को मुँह दिखायेंगे!

रात के सन्नाटे में गूँजती हुई मेंढकों की निरंतर टरटराहट और झिल्लियों की झनकारें रावत के कानों में भर रही थीं। आँखों के आगे दिप-दिप करते जुगनू, अंधकार में प्रकाश की रेखाएँ खींचते हुए अंधकारमय शून्य को चित्रित कर रहे थे। ज्यों-ज्यों रात गहरी होकर दूसरा पहर बीतने लगा, मेंढक-झिल्लियों की चिल्लाहट और जुगनू की चमक में अन्तर पड़ने लगा। शब्द या प्रकाश आदि अन्तहीन मेघ में चमक जाने वाली बिजली की भाँति जान पड़ने लगे और उसी ढंग से असम्बद्ध विचार रावत के मन में उठने लगे।

दो हज़ार रुपया उस पतिता स्त्री की पूरी-गोश्त की टोकरी में चला गया, इस विषय में तो रावत को कोई सन्देह न था। ···क्या किसी तरह उसे समझा-बुझाकर या धमका कर वह रुपया उससे ले सकना सम्भव होगा ? उसे समझाया जाय कि यह रुपया कांग्रेस का है, देश का धन है, धर्म खाते का रुपया है, इसे ले लेना पाप है। इस विचार से रावत को कोई सान्त्वना न हुई। जो औरत टके-टके पर रोटी के टुकड़े के लिए अपना धर्म-ईमान और शरीर बेचती फिरती है, उस औरत को समझा-बुझाकर, धर्म और कर्तव्य का उपदेश देकर दो हज़ार रुपये फेर लेने का विश्वास रावत को केवल आत्मप्रवंचना जान पड़ने लगा। ···वह रुपया उन्हें क्यों लौटाने लगी! उस पर दबाव या जोर भी क्या डाला जा सकता था। रावत का मन निराशा और बेबसी में डूबने लगा। उस दुष्ट को भय हो सकता था तो केवल पुलिस का और रावत पुलिस की सहायता कैसे पा सकते थे?

रावत बहुत देर तक कल्पना-विकल्पना में डूबते-उतराते रहे। फिर खयाल आया कि उस औरत से रुपया वसूल किया जा सकता है केवल एक ढंग से। ऐसे कमीने आदमियों पर भय और लालच के सिवा और कोई बात असर नहीं कर सकती। उन्होंने सोचा कि दिन चढ़ते ही चावलवाली गली के मोड़ पर उसका मकान ढूँढ़ कर उसे धमकाया जाय कि रुपया दो नहीं तो अभी पुलिस लाकर पकड़वा देंगे कि वह डाकुओं के साथ मिली हुई है, लोगों को धोखा देकर लुटवाने के लिए ले जाती है और डाकुओं की साझीदार है। रावत के मन में आशा की एक किरण

जाग उठी; यदि ढंग से उसे डाँटकर दबदबे में ले आयें तो कांग्रेस का रुपया वापिस मिलना असम्भव न होगा बल्कि अवश्य वापिस मिल जायगा।

सफलता की आशा की उत्तेजना में रावत को अपने ऊपर बीती दुर्घटना भी सहसा भूल-सी गयी। वे उठकर घाट की सीढ़ियों पर टहलने लगे। चाहते थे कि किसी प्रकार जल्दी सबेरा हो और इससे पहले कि औरत रुपये को इधर-उधर कर पाये, वे उसके सिर पर जा पहुँचे। इस चिन्ता से रात का समय काटना भारी हो गया। रात के सन्नाटे में सर-सर करती वायु को चीरकर, कुछ-कुछ अन्तर से अनेक घण्टों और घड़ियालों के स्वर बीतते समय की सूचना दे रहे थे। रावत को जान पड़ता था कि समय उनके विरुद्ध षड्यंत्र कर रहा था। समय की गति की शिथिलता के कारण वे विवशता में छटपटा कर रह जाते थे।

रात की गहरी नीरवता और नदी-तट की निर्जनता में जीवन की चहल-पहल के चिह्न प्रकट होने लगे। सड़क पर से कोई एक मोटर अपनी दैत्य की सी आँखों से दूर-दूर तक रोशनी फेंकती हुई निकल गयी। उसके बाद इक्कों-घोड़ों की टाप और पहियों के शब्द कुछ-कुछ देर बाद सड़क से सुनाई देने लगे। पौ फटते-फटते बगल में अँगोछा-धोती दबाये, राम-राम स्मरण करते भक्त लोग सड़क पर नदी स्नान के लिए आते-जाते दिखाई देने लगे। रावत के मन में उतावली होने लगी कि तुरन्त चौक जाकर, चावलवाली गली में फुलिया का पता लगाकर, रुआब और धौंस दिखाकर दो हज़ार रुपये उससे वापिस ले लें।

परन्तु उस भेस में—कुर्ता, टोपी और जूता तक उनसे छिन चुका था और शरीर पर रात में लगी चोटों के चिह्न मौजूद थे—जनता के बीच आने का साहस नहीं हो रहा था। उनका निरुत्साह और संकोच यहाँ तक बढ़ा कि रावत सोचने लगे—जो होना था वह तो हो ही चुका। अब इस अवस्था में उस जलील औरत के यहाँ जाकर, दो हज़ार रुपये का दावा करके अपनी जगहँसाई कराने से क्या लाभ! यदि वह इनकार कर शोर मचाने लगे तो उनकी इमदाद के लियँ वहाँ कौन आयेगा? आश्चर्य नहीं, यदि ऊपर से और मार पड़े और लुच्चा-गुण्डा समझ कर लोग उन्हें थाने तक पहुँचा दें। इस तर्क से उनका मन इतना भयभीत हो गया कि घाट से उठ सकना ही कठिन जान पड़ने लगा।

रावत अपने जिले में सम्मान और कांग्रेस के प्रति कर्तव्य के खयाल से उठे और राह चलतों से राह पूछते चौक की ओर चलने लगे। हुसैनाबाद से चौक और चौक में चावलवाली गली ढूँढ़ते-ढूँढ़ते अच्छी-खासी धूप चढ़ आयी थी। चावलवाली गली तक का पता तो पूछना कठिन न था परन्तु एक वेश्या का नाम लेकर उसके घर का पता पूछने में कितनी ही बार उनका गला आत्मग्लानि से रुँध गया। उन्हें कर्तव्य के आगे आत्मसम्मान की बलि चढ़ानी पड़ी। सम्मान की रक्षा के लिए कर्तव्य का पालन करना आवश्यक था और कर्तव्य ही उस समय उनके आत्म-सम्मान को कुचले दे रहा था।

तंग गली के दोनों ओर धुएँ से काली दूकानें थीं। ऊपर एक जगह फुलिया की कोठरी का पता चला। दिन का पहला पहर चढ़ आने पर भी उस बाज़ार में जागृति और सक्रियता दिखाई नहीं दे रही थी। छज्जे पर खुलने वाली कोठरियों के दरवाज़े अभी प्रायः बन्द थे। दुराचार का श्रम रात में जागकर दिन में विश्राम कर रहा था।

छज्जे में एक कोठरी का दरवाज़ा खुलने पर रावत को एक वेश्या की सूरत दिखाई दी। नींद से भरी लाल आँखें अभी ठीक खुल नहीं पा रही थीं। सिर के उलझे बाल चारों ओर बिखर कर उजड़े हुए घोंसले की तरह लग रहे थे। वेश्या के गहरे साँवले चेहरे से पाउडर की सफेदी पुँछ कर दिन के प्रकाश में अत्यन्त विरूप जान पड़ रही थी। उसके गले में शरीर की गरमी से झुलस कर पीले पड़ गये बेला के फूल का हार अब भी मौजूद था। उसकी कलफ लगी कुर्ती सोते समय सिकुड़ कर ऊपर सिमिट गयी थी। उसी तरह धोती भी अस्त-व्यस्त हो रही थी। दृष्टि ऊपर जाने पर नीचे गली में खड़े रावत को उसका शरीर दिखाई दे गया। वेश्या जम्हाई लेती हुई गली में किसी को पुकार रही थी। अपने शरीर के नंगेपन से भी अधिक लज्जा रावत को अनुभव हुई इस स्त्री के छिपे हुए नंगेपन से।

धुएँ से काले पड़ गये जँगलों पर कहीं-कहीं बेला के दो-चार सूखे पुराने हार लटके हुए थे। हारों के फूल लाल-पीले पड़कर, सूखकर अधिकांश झड़ गये थे। अब केवल धागे मात्र जँगलों में उलझे रह गये थे। कहीं-कहीं छज्जों पर टूटी हुई चिकें या बारदाने के फटे पर्दे लटके हुए थे। तंग जगह में पान के खाली, सूखे दोने सीधे और औंधे पड़े थे।

टाँग टेढ़ी हो गयी लोहे की कुर्सियाँ, बिसाती के सामान की खाली पेटियाँ और टूटे हुए बान की चारपाइयाँ, जिन पर संध्या समय कपड़ा बिछाकर और जँगले पर बेले के नये हार लटका कर, पान चबाकर, कोठरियों में रहने वाली बैठ कर नीचे आते-जाते लोगों को आकर्षित करने की चेष्टा करती हैं, इस समय उघड़ी और सूनी पड़ी हुई थीं।

दूकान झाड़ने-पोंछने में लगे एक पनवाड़ी से पूछकर रावत को फुलिया के चौबारे का पता लग गया। उस ज़ीने पर पैर रखते समय उन्हें जान पड़ा कि पैरों में मनों बोझ बँध गया था। जान पड़ा, लोगों की दृष्टि उनकी नंगी पीठ पर सैकड़ों बर्छियों की तरह गड़ती जा रही थी। रावत धौंकनी की तरह धड़कते हृदय से उस छोटे से ज़ीने पर चढ़ सके।

किवाड़ भीतर से बन्द थे। किवाड़ों को खटखटाना अत्यन्त कठिन काम जान पड़ा परन्तु ऐसा किये बिना चारा न था।

भीतर से अस्पष्ट-सा उत्तर मिला—"कौन हो इस बखत?"

रावत के मुख से शब्द न निकला। उन्होंने फिर किवाड़ खटखटा दिये।

भीतर से आवाज आयी—"ठहरो न, खोलते हैं।"

किवाड़ खुले। सामने फुलिया दिखाई दी। रात के अँधेरे में देखी सूरत रावत ठीक से पहचान नहीं पाये परन्तु स्वर और शरीर का कद वही था।

फुलिया ने कुछ परेशानी के से भाव में एक हाथ से किवाड़ खोला। दूसरा हाथ इस तरह परे हटाये थी जैसे वह किसी काम में सना हो। पूछा—"कहो क्या है?"

रावत ने वेश्या का जैसा एक रूप नीचे गली से ऊपर छज्जे पर देखा था वैसा ही रूप अब फिर उसके सामने था। सलवटें पड़ी सिकुड़ी धोती, खुले और उलझे अस्त-व्यस्त बाल।

फुलिया ने सामने खड़े व्यक्ति को ठीक से न पहचान कर अपना प्रश्न दोहराया—"क्या है?"

रावत ने डूबते हुए साहस को सम्भाल कर उत्तर दिया—"हम हैं। रात में घाट पर थे।"

फुलिया ने आँखें फैलाकर देखा और सहानुभूति के स्वर में पूछा—"हाय, तुम्हारे कपड़े भी डाकुओं ने छीन लिये?" उसने अपनी खाली

बाँहें, गला और कान दिखाकर आतुर स्वर में कहा, "देखो, हमारी भी सब चीज़-बस्त छीन ली। बीस रुपये से ज्यादा की चाँदी थी।"

रावत साहस पाकर कोठरी के भीतर जाकर एक ओर खड़े हो गये। रात की पूरी-गोश्त की टोकरी कोठरी के बीचोंबीच चटाई पर रक्खी थी। पास ही टीन का टोंटीदार लोटा था। किवाड़ खोलने से पहले फुलिया शायद नींद से उठकर रात का बचा पूरी-गोश्त खा रही थी। उसी में उसका हाथ सना था। खाने की चीज़ घर में रहते, दिन का सबसे ज़रूरी काम फुलिया के लिए खा लेना ही था।

फुलिया के व्यवहार से रावत का साहस बढ़ा। उन्होंने कहा—"खाने की चीज़ की तुम्हारी टोकरी में हमारा रुपया आ गया है।"

फुलिया ने कहा—"हमें क्या मालूम।"

फुलिया को अपनी बात काटते देख रावत सहम गये।

फुलिया कहती गयी—"हम तो टोकरी लिये चली आयीं। रात में हमने कुछ देखा नहीं। अभी हमने कहा, खाने की चीज़ है, खराब हो जायगी, लाओ, नाश्ता कर लें तो टोकरी में देखा नोट पड़े हैं।"

फुलिया ने टोकरी में नोट होना कबूल लिया था। रावत ने आश्वासन की गहरी साँस ली। उसे टोककर बोले—"हमारे हैं।"

रावत का फुलिया को रुआब और धौंस देकर उससे रुपया निकलवाने का इरादा दैन्य में बदल गया। बेबसी के से स्वर में बोले—"भगवान की कसम खाकर कहते हैं, रात जब डाकू आये हमने नोट तुम्हारी टोकरी में डाल दिये थे कि बच जायँ। धर्म-ईमान से कहते हैं कि नोट हमारे नहीं हैं किसी और के हैं। रुपया अगर हम ठीक नहीं पहुँचा पायेंगे तो हमारी जिन्दगी तबाह हो जायगी।"

फुलिया चटाई पर बैठकर बोली—"नोट लिफाफे में थे। हमने समझा, वही साले, गुण्डे भूल गये होंगे, अब रोते आयेंगे। पाँच बीसे नोट दस रुपिये के हैं और दस बड़े-बड़े हैं। शायद सौ रुपिया के नोट हों। भैया हमने लिफाफा उठाकर ताक में रख दिया। जिसके हों ले जाये। भैया, हम किसी की जमा में हाथ नहीं लगाते। हम कोई चोर-डाकू थोड़े ही हैं। अपनी कमाई का रूखा-सूखा, अल्ला का दिया सो तो खा नहीं पाते; चोरी करेंगे तो कहाँ जायेंगे! हाँ, तुम जानो!"

निराश्रय होकर प्रवाह में बहे जाते रावत जैसे सहसा किनारे आ लगे। फुलिया के प्रति उनकी घृणा पल भर में उड़ गयी। फर्श पर बिछी चटाई के कोने पर निस्संकोच बैठकर उन्होंने हाथ उठाकर कहा—"भगवान जाने फुलिया, धर्म खाते का, कांग्रेस का रुपिया है। हम पहुँचाने भर जा रहे थे। ठीक जगह पहुँचा नहीं पाये। जैसे तुमने बताये ठीक वैसी ही नोट हैं। और देखो बीबी, नोट टोकरी में हमने न छोड़े होते तो हमें मालूम कैसे होता?"

फुलिया ने उपेक्षा से हाथ हिलाकर कहा—"तो भैया उठा लो। उस ताक में धरे हैं लेकिन हम कहे देती हैं कि हमारी फजीहत न हो कि वे साले गुण्डे आकर हमें दिक करें। हमारा तो जो गया सो गया पर हम किसी की दौलत छुएँ तो हमारे कोढ़ फूटे! अल्ला की दी जवानी है तो सब कुछ है।"

अपनी जगह से लपक कर नोटों का लिफाफा उठाकर रावत अभी निश्चय की साँस नहीं ले पाये कि फुलिया की बात ने उनके हृदय में फिर से घृणा की बर्छी-सी मार दी··· "अल्ला की दी जवानी है तो सब कुछ है!"

फुलिया के बेरौनक चेहरे की ओर देख कर वे सोचने लगे, जवानी को टके-टके बेचने वाली, अपने शरीर का सौदा करने वाली यह औरत, बासी गोश्त-पूरी को देख कर अपने को न सम्भाल सकने वाली यह औरत, दो हज़ार को कैसे ठुकराये दे रही है! ···इसका भी धर्म है, ईमान है, इज्जत है! उन्हें फुलिया के चेहरे पर एक ज्योति दिखाई देने लगी जैसे कोई परम त्यागी, सतवंती देवी उनके सामने बैठी हो।

फुलिया टोकरी से बासी पूरी का कौर मुँह में भरते हुए फिर कहने लगी—"बन्दा अपनी मेहनत की कमाई पर सब्र करे। दूसरे की कमाई पर ललचाने से कुछ थोड़े ही होता है। हमारी चीज़-बस्त बीस से कम की न थी पर क्या; हाथ-पैर हैं तो अल्ला फिर देगा।"

रावत कुछ देर सोचते रहे। लिफाफे का मुँह खोल कर दस-दस के दो नोट निकाल कर उन्होंने कहा—"यह तुम्हारे नुकसान के लिए··· बस चलता तो यह दो हज़ार तुम्हारे कदमों पर रख देता पर रुपया अपना नहीं, दूसरे का है।"

फुलिया ने कौर निगल कर घृणा से मुँह फिरा कर कहा—"वाह रे, हम कोई पीर-फकीर हैं क्या जो हाथ फैलाकर खैरात लेंगे! हमारी मेहनत का जो कुछ अल्ला देगा; किसी की ख़िदमत करेंगे तो हलाल के टुकड़े पर हमारा हक होगा। ऐसे गये थोड़े हैं कि भीख लें।"

रावत के पैरों तले की ज़मीन निकल गयी। घृणा की इस फटकार से उनका चेहरा उतर गया। नोट लिफाफे में रख कर वे चुपचाप जीना उतरने लगे। धुँधली पड़ गयी आँखों के कारण जान पड़ता था गिर पड़ेंगे। दो हज़ार रुपये के कारण अपनी प्रतिष्ठा, ईमानदारी और विश्वास खो जाने की जो चोट लगी थी, उससे कहीं भयंकर चोट लगी फुलिया के बीस रुपये ठुकरा देने से। भीख वह नहीं लेती। केवल ख़िदमत कर हलाल का टुकड़ा खाती है!

हलाल का टुकड़ा! ···यह कैसा हलाल है; सोचकर रावत के शरीर के रोम खड़े हो गये और आँखें बार-बार धुँधली होने लगीं।

जीने से उतर कर रावत चिन्ता में कुछ भूल से गये थे परन्तु उसी समय अनाचार के उस स्थान पर खड़े दिखाई देने की विचार की लज्जा ने उन्हें सुध दिला दी।

लम्बे कदम रखते हुए वह चल पड़े।

●

मनुष्य

घटनाओं की सरसता प्रायः उनमें छिपे विद्रूप में ही रहती है पर दुःख यह है कि मनुष्य दूसरे पर विद्रूप कर अपने आह्लाद में निठुर हो जाता है। यदि मनुष्य निठुर न होकर सहानुभूति की भावना को बनाये रख सके तो उसी में उसका मनुष्यत्व है।

हावड़ा स्टेशन से कलकत्ते के मुफस्सिल के लिए सुबह-शाम थोड़े-थोड़े समय पर ट्रेनें आती-जाती रहती हैं। ऐसी ही एक 'लोकल' के एक बिल्कुल खाली डिब्बे के कोने में अकेला बैठा मैं गाड़ी की चाल की ताल पर गुनगुनाता चला जा रहा था।

बंगला कविता में वर्णित श्यामल मेघों से छाये आकाश के नीचे, बंगाल की शस्य-श्यामला भूमि मन्द वायु में लहरा रही थी। नारियल के पेड़ों के झुरमुटों के नीचे पोखरों से जल लेने आती-जाती, घुटनों से ऊंची धोती में लिपटी, बगल में घड़े और सिर पर केशों का बोझ उठाये विलम्बित गति से चलने वाली श्याम वर्ण बंगाली ललनाओं को अधमुँदी आँखों से देख रहा था। नयी सीखी बंगला भाषा की एक कविता, कवि रवीन्द्र की 'मानससुन्दरी' बंगला उच्चारण शुद्ध करने के लिए गुनगुना

रहा था। भय और आशंका से भरे फरारी के उस जीवन की उपेक्षा कर, विश्रान्ति और आलस्य अनुभव करने की चेष्टा कर रहा था।

बेलूर मठ से एक-दो स्टेशन पहले ही गाड़ी थमी। डिब्बे का दरवाज़ा खुलने का शब्द सुनाई दिया। अभ्यास के अनुसार सतर्कता से देखा, एक युवक प्रसन्नता और उमंग से चमकते हुए चेहरे से भीतर आया। हाथ बढ़ा कर उसने अपने पीछे एक युवती को गाड़ी पर चढ़ा लिया। उनकी आँखों और ओठों से हँसी फूटी पड़ती थी। कवि रवीन्द्र और शरत् बाबू के उपन्यासों की अवगुण्ठिता, लज्जास्तब्ध बंग वधू नहीं, किलकती हुई प्रेमिका थी! डिब्बे को बिल्कुल सूना समझ खुशी से दोनों भीतर चले आये थे। एक कोने में मुझे विराजमान देख कर वे कुछ हतप्रतिभ तो हुए परन्तु दूसरे ही क्षण—"आ, खोट्टा बेटा?" (ओह, हिन्दुस्तानी बन्दर!) कह कर वे पास-पास बैठ गये।

'हिन्दुस्तानी बन्दर!' का खिताब मेरी उस अवस्था के लिए बहुत अनुपयुक्त भी नहीं था। मैली धोती घुटनों तक, कलीदार कुरता, चेहरे पर चार दिन की हजामत और लम्बी-लम्बी मूँछें। वही सूरत जिससे बनारस और जौनपुर जिले के जूट और दूसरी मिलों में काम करने वाले कुली पहचाने जाते हैं।

युवक और युवती में बातचीत शुरू हुई। पहिले बहुत धीमे और दबे हुए स्वर में। जितनी बंगला समझ सकता था उससे समझ लिया कि नवदम्पति हैं। कलकत्ते से किसी पारिवारिक समारोह में सम्मिलित होने के लिए मुफस्सिल गये थे। अब लौट रहे हैं।

युवती सम्बन्धियों की क्षुद्रता और संकीर्णता की शिकायत कर रही थी। बड़ी-बड़ी काली आँखें घुमा-फिरा कर और कोमल हाथों के संकेत से बातचीत करने का उसका ढंग आकर्षक था, परन्तु उन्माद भरी आँखों वाला वह युवक उस शिकायत और शिकवे के अतिरिक्त कुछ और चाहता था। अपनी बांयीं बाँह युवती की गर्दन के पीछे रखते हुए उसने कहा—"छाड़ ए शब, प्रेमेर कथा बला जाक!" (हटाओ इस झंझट को, कोई प्यार की बात करो!)

भद्रता हो या अभद्रता, आँख के कोने से उस ओर देखे बिना रह न सका। उनकी उपस्थिति से मेरा बंगला गाना भी तो बन्द हो गया था।

अब समय काटने के लिए उस ओर कनखियों से देखे बिना चारा भी नहीं था।

युवती ने प्रणय-स्निग्ध नेत्रों को ऊपर उठाकर उत्तर दिया—"जा बोलते बलो ताई बली (जो बोलो वही कहूँ)।"

कुछ क्षण के लिए वे दोनों चुप रहे। उसके बाद युवक का द्रवित और व्याकुल-सा स्वर सुनाई दिया—"मन चाइतेछे तोमार चुमु खेते!" (मन चाहता है तुम्हें चूम लूँ!)

स्निग्ध पुलकित स्वर में उत्तर था—"के बारन करेछे (रोकता कौन है)?"

"एई जे खोट्टा बेटा (यह बन्दर जो बैठा है)!"

"एइ बेटा छातू खोर कि जाने। आमि घोमटा टेने निच्छि (यह बेवकूफ सत्तू-खोर क्या जाने। घूँघट किये लेती हूँ)।"

क्रोध नहीं मालूम हुआ। हँसी अलबत्ता ज़रूर आना चाहती थी। दूर हुगली के गन्दे जल पर डगमगाती छोटी-छोटी नावों की ओर दृष्टि कर होंठ दबा लिये। अपने पीछे होते व्यापार के खयाल से कौतूहल अवश्य हो रहा था। यह भी खयाल आया कि बेसब्री और निर्लज्जता की भी तो सीमा होनी चाहिए।

परन्तु बन्दर की उपस्थिति से लज्जा कैसी? आँखों के सामने कल्पना नाचने लगी—किसकी सुहाग-शय्या के कमरे में दीवारों पर छिपकली मौजूद नहीं रहती! और किन चुम्बनों की ग़वाही देने का मौका पतंगों और मक्खियों को नहीं रहता! और फिर खयाल आया कि पर्दे में रहने वाली वास्तविक दुनिया को वही देख पाते हैं जो उपेक्षित रहते हैं। मिसाल के तौर पर महामान्य कलक्टर और कमिश्नर साहब के रोबीले जीवन के पीछे छिपी रहने वाली मियाँ-बीबी की चख-चख को घरेलू जीवों की श्रेणी में गिने जाने वाले खानसामा और बैरा ही तो देख पाते हैं।

आँखों के सामने हुगली का गंदा जल, शस्य-श्यामला भूमि और वही घुटनों तक मोटी धोती में लिपटी श्यामवर्ण बंगला रमणियाँ। दूर पंजाब में रहते समय उनकी भावुकता और कोमलता के शब्द-चित्रों से कल्पना बावली हो उठती थी; आँखों के सामने कितनी अरुचिकर जान पड़ रही हैं! और उन्हीं में से एक, यहाँ कुछ हाथ परे, मेरी पीठ पीछे, मानस

सुन्दरी उर्वशी की सम्पूर्ण शक्ति लिए, मोह और प्रेम के जगत् का केन्द्र बन रही है…।

भूल कर बेसुध होकर गुनगुनाने लगा, वही जो पहले गुनगुना रहा था। अपने कर्कश और अप्रिय स्वर का भी ध्यान न रहा। पहले धीमे और बाद में सुने जाने योग्य स्वर में गाने लगा—

हाशिते छे धीरे,

चाहि मोर मुखे उगो रहस्य मधुरा!

कि बोलते चाओ मोरे प्रणय विधुरा?[१]

जब सहसा ख्याल आने पर घूम कर देखा तो दोनों अत्यन्त संकुचित और भयभीत से एक-दूसरे से अलग-अलग बैठे थे। अपनी मूर्खता पर बहुत खेद हुआ। व्यर्थ में किसी की शान्ति में व्याघात क्यों डाला पर वह तो हो चुका था, इसलिए खिड़की से सिर बाहर निकाल कर बैठ जाने के सिवा और चारा न था।

कुछ ही क्षण में गाड़ी बेलूर मठ को पार करके कारखानों के बीच से जा रही थी। समीप ही कुछ आहट पाकर चौंककर देखा—वह युवक अनुनय भरी दृष्टि लिये बिल्कुल मेरे ही समीप आ बैठा था।

"क्षमा कीजियेगा, बहुत अभद्रता हो गयी। आप कुछ खयाल न कीजियेगा। अनुमान नहीं था, आप भी बंगाली भद्रजन हैं।" उसने विनीत स्वर में कहा।

"अपराध तो मेरा ही है।" बंगला में उत्तर दिया परन्तु ठीक बंगला बोलने में अड़चन पाकर अंगरेजी में कहा—I will be rather comfortable if you ignore me—(मेरी ओर खयाल न करें तो मैं अधिक सुखी रहूँगा)।"

और मन में खयाल आया—मनुष्य क्या है?

•

---

१. क्यों हँस देती हो धीमे से,
मधुर रहस्य की खान, तुम मेरी ओर देखकर !
हे प्रणय विकल कहो न, क्या कहना चाहती हो?

बदनाम

हम सब मित्रों के विवाह हो गये थे। भगवान की कृपा से कुछ एक के घर में गोद भी भर चुकी थी। कल्पना और भावना के क्षेत्र से दूर हटकर अब हम भद्र-गृहस्थी के जीवन की गम्भीरता और वास्तविकताओं के चौखटे में बँध कर स्थिर हो गये थे। प्रेम-तत्त्व की व्याख्या समाप्त हो चुकी थी। सड़क पर चलते समय कवियों की भावपूर्ण कविताएँ और दर्दभरी गज़लें गाना भी छूट चुका था। हम ज़िक्र करते थे दफ्तर के साहब के मिजाज का, तनखाह में तरक्की की आशा का, पदोन्नति की संभावना का, नून-तेल-लकड़ी के भाव का या किसी की सगाई-ब्याह का।

विवाह नहीं हुआ है तो केवल नाम उसका मैं न लूँगा। पीठ पीछे किसी का नाम लेकर भेद की बात कहना भद्रता नहीं है। वह तब भी प्रेम-तत्त्व की चर्चा करता था; स्थूल शरीर से परे, भावनामूल प्रेम की व्याख्या करता था। उसका कहना था—प्रेम सृष्टि की परिचालक शक्ति **(Dynamic Force)** है। वह जीवन की गति है और प्रेरणा है। हम लोगों के विवाह और गृहस्थी की संकुचित सीमाओं से घिरे जीवनों की ओर संकेत करके वह विरक्ति से कहता था—प्रेम गतिमान और निर्बाध

भावना है। उस पर सीमा और बन्धन लगाना, उसे निस्सत्त्व और निर्बल कर देना है। प्रेम जीवन के उपवन की मलय पवन है। विवाह की चारदीवारी खड़ी करके प्रेम पर रुकावटें लगाना उसे निस्सार कर देना है; उन्मुक्त जल-प्रवाह को पोखर में बन्द कर कान्तिहीन कर देना है।

वह कहता था—प्रेम की शक्ति जीवन में तृप्ति की चाह है और कामना उसका रूप है। प्रेम और जीवन की गति के विषय पर वह कविता करता था और गद्य-काव्य भी लिखता था। दूसरे लेखकों और कवियों के भाव की व्याख्या और विश्लेषण करता था। वह काव्य के मर्म को अपनी भावना में ग्रहण कर दीर्घ निःश्वास लेकर नोटबुक निकालकर हमें सुनाता था—

"हृदय में पीर

मन अधीर

भरा भाव गम्भीर..."

उसकी यह रचनाएँ प्रकाशकों की संकीर्णता के कारण पुस्तक रूप में या मासिक पत्रिकाओं में कभी नहीं छपीं; परन्तु हम लोगों को विश्वास था कि यह प्रतिभासम्पन्न और उदीयमान है। शीघ्र ही साहित्य-गगन में उसकी प्रतिभा की छटा फैल जायगी।

पुराने परिचय के आधार पर हम सब उसका विश्वास करते थे। हम लोगों की गृहस्थियों में उसके आने-जाने पर कोई संकोच या पर्दा न था। ड्योढ़ी में मामूली खाँसकर वह जब चाहे आ-जा सकता था। हमारा विचार था—भावना और कल्पना में तृप्ति और संतोष की खोज की वृत्ति के कारण वह साधारण से भिन्न और ऊँचा है।

लेकिन बाद में उसके तौर बदलते दिखाई देने लगे थे। हमारे दफ्तर के बरामदे में एक काला बोर्ड लटका रहता था। दफ्तर के पते पर आये हम लोगों के पत्र वहाँ अटका दिये जाते थे। पत्नी के मायके गये रहने पर प्रत्येक मंगल और शनिवार को पत्र की आशा में उस बोर्ड पर दृष्टि दौड़ानी पड़ती थी।

एक दिन बोर्ड पर अपने नाम का पत्र ढूँढ़ते समय साथी शर्मा ने मेरे कोट की आस्तीन खींच कर बोर्ड के तारों में अटके एक पत्र की ओर संकेत किया। गुलाबी रंग का एक लिफाफा था जैसे कि प्रेमियों में या

विवाह के पश्चात् कुछ दिन नव-दम्पति में लिखे जाते हैं। लिफाफे के कोने पर 'भुलाना-ना'[१] के फूलों का चित्र बना था। लिफाफे के Linen finish (कपड़े की बुनावट) के से कागज से कुछ हल्की-हल्की महक-सी आ रही थी।

रहस्य के अभिप्राय से मेरा हाथ दबाते हुए शर्मा ने कहा—"देखा!" लिफाफे पर उसी का नाम था। ध्यान से देखने पर लिखावट किसी स्त्री के हाथ की जान पड़ी। शर्मा ने मेरे कान में बताया, "ऐसे लिफाफे कई आ चुके हैं।"

तब से हम उसके नाम से आने वाले रंगीन लिफाफों की ताक में सतर्क रहने लगे थे। ऐसे लिफाफे आने पर कनखियों से मुस्करा हम एक-दूसरे को दिखा देते थे।

कुछ दिन बाद सिंह ने बड़े मजे की बात सुनायी। सिंह ने कसम खाकर कहा कि उसने अपनी आँखों उसे चूड़ियों की एक दूकान पर चूड़ियाँ खरीदते देखा था। पूछा तो वह झेंप कर कहने लगा—ऐसे ही किसी सम्बन्धी ने मँगवाई हैं।

फिर एक दिन दफ्तर के बरामदे में खड़ी रहने वाली उसकी साइकिल के पीछे कैरियर पर खाकी काग़ज़ का एक पार्सल दिखाई दिया। आहिस्ता से पार्सल के कोने उखाड़ कर देखा। पार्सल में दिखाई दीं—स्त्रियों के मसरफ की चीज़ें, चोटी बाँधने के फीते, जनाने रूमाल, कुछ लेस आदि-आदि।

उसके इस प्रकार की चीज़ें खरीदने और लिये फिरने की खबर और भी अनेक बार मिली थी। हम सद्-गृहस्थ लोगों के हृदय में उसके प्रति सन्देह और घृणा उत्पन्न हो गयी थी। स्पष्ट कुछ न कहकर हम लोग उससे कतराने लगे थे। जिस आदमी के घर स्त्री नहीं थी, जो अकेले रहकर जीवन व्यतीत करता था, स्त्रियों की लिखावट से फूलदार लिफाफों में उसे पत्र आने की कौन वजह हो सकती थी? स्त्रियों के उपयोग की वस्तुओं से उसे क्या प्रयोजन था? यह सब देखकर सन्देह नहीं तो क्या होता! भद्र गृहस्थों के यहाँ ऐसे आदमी का आना-जाना कैसे निरापद हो सकता था। हम लोग उससे बचने लगे। कभी अपने घर की चौखट पर उसके

१. Forget-me-not.

आकर खाँसने से हम तुरन्त लपककर उससे बातचीत करते हुए बाहर की ओर चल देते थे।

बसन्त पंचमी के दिन प्रातः का समय मेले में बीत गया था। सूर्यास्त से कुछ पहले ध्यान आया छुट्टी का दिन है, दो-एक मित्रों से मिल लिया जाय। दोमंजिल के बरामदे में खड़ा इस विचार को कार्य रूप में लाने का निश्चय कर ही रहा था कि देखता हूँ—गली में दायीं ओर से वह साइकिल पर चला आ रहा है। साइकिल को मकान की कुर्सी की सीढ़ी से टिकाकर वह जीने पर धड़धड़ाता ऊपर आ पहुँचा।

"बसन्त मुबारक।" उसने कहा और पूछा, "बसन्त कैसे मनायी?"

"ऐसे ही, कुछ खास नहीं। कहो, कैसे आना हुआ?" उत्तर में प्रश्न किया।

"यों ही, तुमसे मिलने चला आया।" दो-एक मित्रों के नाम लेकर उसने कहा, "···तो मिल गये थे। सोचा, तुम्हारे घर होता चलूँ। कुछ देर बैठूँगा।" उसने उत्तर दिया।

उसकी इस बेतकल्लुफी के बाद बरामदे से ही उसे टाल देने का मौका न रहा। विवश भीतर से कुर्सी खींचकर बाहर बरामदे में ला रहा था कि उसने रोका—"क्यों तकलीफ कर रहे हो, ऐसी गरमी तो नहीं है।"

गरमी क्या बल्कि अच्छी खासी सर्दी थी इसलिए कहा—"नहीं, यहाँ बरामदे में अच्छा मालूम होगा। देखो न, वृक्षों की चोटियों पर अस्त होते हुए सूर्य की रंगीन किरणें!"

काव्य और सौन्दर्य की चर्चा से उसकी आँखें चढ़ गयीं—"इन आती-जाती रंगीनियों में क्या रखा है!" उसने कहा, "रंग प्रेम का; जो कभी न उतरे!"

दूसरी कुर्सी लेने भीतर गया तो दरवाज़े की ओट से संकेत कर पत्नी ने बुलाया और धीमे स्वर में पूछा—"कौन है?" उसका स्वर भीतर सुनाई दे गया था।

"तो भीतर ही क्यों नहीं बुला लेते? खाने के लिए कुछ लाऊँ?"

पत्नी को समझाया—"रहने दो ऐसे ही।" और किवाड़ मूँदता हुआ बाहर चला आया। इतने में उसने गुनगुनाना आरम्भ कर दिया था—

"आयी न बहार खिजाँ ही सही।

उजड़े दिल में अरमाँ ही सही··· ।"

मुझे बैठते देख उसने पूछा—"भाभी कहाँ हैं?"

"यहीं पड़ोस में गयी हैं··· उसकी कोई सहेली बीमार है। कुछ देर में लौटेंगी।"

अखबार के कागज में लिपटे उसकी बगल में दबे पैकेट से बसन्ती रंगी चिकन की महीन साड़ी का कोना झलक रहा था। उस ओर स्वाभाविक कौतूहल हुआ। संकेत कर पूछा—"यह क्या, शाम के वक्त पगड़ी रँगाई है?"

पैकेट को बगल में और अधिक सँभालते हुए उसने कुछ झेंप के स्वर में कहा—"नहीं तो, किसी दूसरे के लिए है।" और फिर 'बसन्त के प्रभात में कोकिल की पहली कूक' पर लिखी अपनी नयी कविता दो बार सुना कर, प्रेम और सन्तोष की विषमता का जिक्र करता हुआ वह सूर्यास्त के बाद तक बैठा रहा।

उस दिन किसी पर्व की छुट्टी के कारण दफ्तर बन्द था। मैं इकट्ठे हो गये पिछले काम का बोझ हल्का कर पाने के लिए दफ्तर में अकेला बैठा काम कर रहा था।

चपरासी एक तार लाया। तार पर उसका ही नाम था। सोचा, कोई ज़रूरी बात होने से तुरन्त ही खबर देना ठीक होगा वर्ना सुबह तक सही। तार खोल डाला। तार आया था, मुरादाबाद से उसके चाचा का। वे 'देहरा एक्सप्रेस' में आगे जा रहे थे। स्टेशन पर ज़रूरी बुलावा था।

चार बज चुके थे और एक्सप्रेस स्टेशन पर साढ़े पाँच बजे पहुँच जाती थी। साइकिल लेकर उसके मकान की ओर चला। नीचे बाज़ार से कई आवाज़ें देने पर उसने खिड़की में से झाँक कर कहा—"ऊपर आ जाओ न!"

तार का कागज उसे दिखाकर तुरन्त नीचे चले आने के लिए कहा। तार देखकर वह घबराया। उसे अपनी साइकिल तुरन्त स्टेशन पहुँच जाने के लिए दे दी। मैं जीना चढ़कर उसके कमरे में चला गया।

कमरे में बगल की खिड़की के समीप छोटी आराम-कुर्सी के सामने तिपाई पर एक आधा लिखा पत्र पैड में लगा हुआ था और खुला कलम पैड के साथ रखा था। समझा, मेरे पहुँचने से पहले वह पत्र ही लिख रहा होगा। यों ही उस पत्र के सिरे पर नज़र गयी। सम्बोधन के स्थान पर लिखा था—'प्राण-धन!'

विस्मय से पत्र को पढ़ डाला। पत्र स्त्रीलिंग की क्रियाओं में लिखा गया था और अभी अधूरा था। अधीर प्रणय की व्याकुलता उससे झर रही थी। पत्र की लिखावट भी स्त्रियों के से हस्ताक्षर में थी। तो फिर यह यहाँ कैसे? ···खुले हुए कलम से तो जान पड़ा कि पत्र अभी लिखा ही जा रहा था।

तिपाई के समीप फर्श पर चमड़े का एक छोटा-सा बक्स खुला पड़ा था। बक्स में वस्तुओं के अद्‌भुत संग्रह से और भी विस्मय हुआ। स्त्रियों के शृंगार की छोटी-मोटी अनेक चीज़ें जैसे बालों के काँटे, नाखून की पालिश, फीते, रूमाल इत्यादि बक्स में थे। वह चिकन की बसंती साड़ी भी एक ओर लगी हुई थी। फूलदार गुलाबी लिफाफे, जिन्हें दफ्तर में चिट्ठियों के बोर्ड पर देखा था, उसका नाम-पता लिखे अनेक पड़े थे और प्रायः आधा पैकेट वैसे ही नये लिफाफों का भी रक्खा था।

विस्मय और कौतूहल बढ़ा—एक लिफाफा खोल कर पत्र देखा। पत्र की भाषा स्त्रीलिंगवाचक थी। विषय भी वही; प्रणय के आदान-प्रदान का था। आँखों के पाँवड़े बिछा कर राह तकने की बातें प्रेमिका के मुख से थीं। लिखावट सभी पत्रों की बहुत कुछ समान-सी परन्तु यह भी जान पड़ता था कि बड़े यत्न से हस्ताक्षर बदल लिखा गया है। एक ही अक्षर अनेक स्थानों पर अनेक प्रकार से लिखा गया था। स्याही भी ठीक वही थी जो पास पड़े कलम में जान पड़ी।

शंका हुई, इन पत्रों की लेखिका प्रणयिनी कौन है? क्या यह सब पत्र इसी तिपाई पर लिखे गये हैं? इन पत्रों के लिखने का प्रयोजन? ···और याद आया, भावना में उसकी प्रेम की खोज···! मनुष्य-हृदय की प्यार की भूख!

मैं बैठा सोचता रहा। समय बीतता जान न पड़ा।

जीने में कदमों की धड़धड़ाहट सुनकर ध्यान टूटा।

वह मेरे सामने खड़ा कह रहा था—"बहुत अच्छा कि समय पर पहुँच गया। तुम क्या करते रहे?"

उत्तर देते बन न पड़ा। बहुत यत्न से उसके भावों का ध्यान रखते हुए कहा—"भाई, बड़ी भूल हुई। तुम्हारे इन पत्रों और यह ऊटपटांग वस्तुयें इकट्ठे करते रहने के कारण हम लोगों को कितना भ्रम हुआ और हम लोग उसके कारण तुम्हारी व्यर्थ निंदा करते रहे···।"

उसका चेहरा सहसा लाल हो गया। मेरी ओर घूरकर उसने कहा—"तुम क्या समझते हो यह सब झूठ है? मुझे प्रेम करने वाला कोई नहीं?"

कुछ न समझा। हैरान था। यत्न से कमाई उस बदनामी के खो जाने की आशंका से वह बहुत क्षुब्ध हो गया था।

●

अपनी चीज़

उसका नाम था आलोक, परन्तु मेजर चौहान पुकारते थे—'आलो'।

मेजर चौहान का मन चकवे की तरह था। आलो के केन्द्र से फैलने वाले सौष्ठव, स्निग्धता और माधुर्य की आभा की सीमा से बाहर पर फड़फड़ाने की उसे न कामना थी, न कल्पना। उसका मन अतृप्त अभिलाषा से, तृप्ति के उसी आलोक-चक्र में, परम संतोष के आश्वासन में गद्‌गद उतराता रहता था।

कलाकार की राजीव कल्पना जैसे आलो के क्षीण कटि, लम्बे छरहरे शरीर, स्निग्ध गंदमी रंग, भावपूर्ण विशाल नेत्र, आजानुदीर्घ केशों और पल्लव ओष्ठों से स्फूर्ति की किरणें बिखरती रहती थीं और मेजर का मन-चकोर उनकी सुषमा से तृप्त बना रहता था। यह असीम तृप्ति मेजर के मन में एक मधुर तृष्णा जगाये रहती थी। तृप्ति और तृष्णा का यह अन्योन्याश्रय सम्बन्ध ही जीवन के उत्साह की शृंखला है। आलो के आह्लाद-दीप्त नेत्रों और स्मित होंठों से बिखरने वाले फूलों की सुवास मेजर की आत्मा का सहारा थी; उसी प्रकार जैसे धन को व्यय न करने पर भी उसका स्वामित्व तृप्ति देता है।

मेजर, स्वामी होने की उदारता में आलो का दास था; दास होकर पुजारी और उपासक था। वह आलो की प्रतिभा का वाहन था और उसे इसका गौरव था। ऐसे प्रेम में बन्धन का क्या काम; जैसे चुम्बक से चिपके लोहे को बाँध रखने की ज़रूरत नहीं पड़ती। जहाँ आलो का साथ जाना सम्भव होता वहाँ मेजर के लिए अकेले जाना असम्भव था। वैसे ही आलो के प्रेम का प्रतिदान भी निस्सीम था। आशंका के लिए उसमें स्थान न था।

कर्नल कौशिव अफगान-युद्ध में विशेष प्रतिष्ठा पाकर लौटे थे। उनका और मेजर का पुराना साथ था। बहुत गहरी पुरानी मित्रता थी। दोनों ही के लिए लगभग एक-दूसरे की मित्रता काफी थी; परस्पर इतना भरोसा था। कर्नल कौशिव ने मेजर और आलो की संगति में स्त्री रहित सज्जन के संकोच से प्रवेश किया। उनका वह संकोच मेजर दम्पत्ति की सहृदयता के सम्मुख टिक न सका। तीनों निःसंकोच रूप से एक हो गये थे। पश्चिम के बरामदे में एक साथ चाय पीने बैठते तो अँधेरा होकर भोजन का समय हो जाता। फिर बैठ जाते तो आधी रात बीत जाती। इस गोष्ठी में युद्ध-कौशल, विदेश भ्रमण और मनोविज्ञान, सभी विषयों की चर्चा घण्टों चलती रहती थी।

आलो को जान पड़ा था कि पति के पूर्ण संतोष और सुख के लिए कर्नल का सत्संग आवश्यक था। फिर मेजर के न रहने पर भी आलो को कर्नल की याद आने लगी। वीरता और तीक्ष्ण बुद्धि में कर्नल की भावुकता का मेल एक अद्‌भुत रस पैदा कर देता था जो केवल कर्नल में ही था। आलो मेजर की तो थी ही, कर्नल पर वह श्रद्धा करने लगी थी।

एक दिन आलो को मालूम हुआ, कर्नल उसका विशेष आदर करता है और कर्नल की भावुकता का कारण एक सीमा तक वह स्वयं भी है। जान कर आलो के स्नायु झनझना उठे। उसका मन चाहा, यह बात अच्छी तरह जान लेने के लिए, इस पर पूरा विश्वास कर लेने के लिए, वह आँखें मूँद पलंग पर पड़ी रहे। इस विचार में कोई विघ्न न डाले। रक्त में एक शैथिल्य ने प्रवेश कर मन और शरीर को कुछ बोझल बना दिया, जैसे अकस्मात् बहुत बड़े आदर का उत्तरदायित्व सँभालना पड़

गया हो। इच्छा का कोई तीखापन उसे व्याकुल नहीं कर रहा था। केवल यही खयाल था, वे कभी-कभी उदास रहते हैं··· क्यों?

एक दिन बंगले के पिछवाड़े लान में बैठकर चाय पीते समय मेजर को चोट खा जाने वाले सिपाही को देखने के लिए बुलावा आ गया। कर्नल बैठा रहा। बातचीत कुछ विशेष नहीं हो रही थी। कर्नल की आँखें आकाश में उड़ते मेघों के टुकड़ों की ओर थीं और आलो मशीन से कटी घास में, माली की बेपरवाही के कारण फूट आये काँस के बेरौनक फूलों की ओर देख रही थी। परन्तु मन में दोनों एक-दूसरे की बात सोच रहे थे। आलो के मन में कर्नल के अनमने ढंग के प्रति, सम्वेदना के कारण एक टीस-सी उठ रही थी।

आलो ने अपनी कोमल उँगली के नाखून से कर्नल की बेंत से बुनी कुर्सी के हत्थे को खोंट कर उलाहने के स्वर में पूछा—"आप इतने उदास क्यों हो जाते हैं?"

"कुछ नहीं··· ऐसे ही।" उत्साहहीन स्वर में कर्नल ने उत्तर दिया। कुछ देर बाद कर्नल को जान पड़ा, आलो चुपचाप आँसू पोंछ रही थी। कर्नल ने आग्रह से उसकी व्याकुलता का कारण पूछा। वह बता सकना सहल न था। आलो को और रुलाई आ गयी।

कर्नल के द्रवित होकर आग्रह करने पर आलो ने अस्पष्ट और अस्फुट स्वर में आँखों के आँसू पीकर होंठ काट-काट कर कहा—"आप ही तो सदा उदास हो जाते हैं।"

सबल हाथों में थमा आलो का कोमल हाथ पसीजकर काँप उठा।

कर्नल मेजर की अनुपस्थिति में, अपने वक्षस्थल पर टिके आलो के सिर पर स्नेह से हाथ फेर कर बंगले से बाहर गया तो उसके हृदय में तृप्ति की एक विचित्र सी गड़न थी, जो चाह के द्वार खोल देती है; जैसे गहरे गड़े हुए काँटे के निकाल दिये जाने पर चुभन का दर्द सुई द्वारा खोदे जाने की पीड़ा में बदल जाता है।

कर्नल कौशिव समय-असमय जिस समय भी कोई बाधा न होती, मेजर के मकान की ओर खिंचा चला जाता। वह सोचने लगता—क्या

उसका यह रवैया उसकी प्रतिष्ठा और आत्मसम्मान के अनुकूल है! पर वह विवश था। मेजर को क्लब जाने का शौक नहीं था। कर्नल भी प्रायः नहीं जाता। वे लोग सूर्यास्त के समय या वृक्षों से छनती चाँदनी में लालकुर्ती की सूनी सड़कों पर घूमने चले जाते। कौशिव अपने और मेजर के बीच चलती हुई आलो की बिना आस्तीन की बाँह के शीतल स्पर्श की सुखद अनुभूति को, फूलों पर पड़ी ओस के कणों की भाँति श्वास में अनुभव करता रहता। कभी भाग्य से निराले में उसके पसीजते हाथों को अपने हाथों में लेकर स्नायु की स्फूर्ति और निरुद्देश्य उत्तेजना से क्लान्त हो जाता। वह सोचने लगता—यह चोरी नहीं तो क्या है? इस सब संगोपन और सतर्कता से आखिर उसे मिलता क्या है?

कर्नल को इसकी आवश्यकता थी। वह संतोष पाता था; कहीं, किसी हृदय में उसका भी कुछ मूल्य है। परन्तु कर्नल सोचता, उसके व्यक्तित्व के मूल्य के सम्बन्ध में शंका का तो कोई अवसर आया नहीं था। उसकी सम्भ्रान्त स्थिति और अधिकार को सभी लोग सिर झुकाकर स्वीकार करते थे। उसकी कद्र उसके हृदय की स्वीकृति ही अन्तिम फैसला क्यों हो? क्या पुरुषत्व की कसौटी नारी हृदय ही है? पद, सामर्थ्य, अधिकार और आत्मविश्वास से ऊँचा उठा हुआ उसका मस्तक आलो के निर्बल हाथों का आश्रय पाने के लिए क्यों व्याकुल हो उठता है? उसकी निर्बल बाँह को सहारा दे पाने से कौन शक्ति उसे मिल जाती है? वह आलो को आलिंगन में ले लेने, उसके केशों, माथे, ग्रीवा, आँखों और ओठों को चूम लेने की कामना से हवा में हिलते पत्ते की भाँति क्यों विचलित हो जाता है? विद्रोही अफरीदियों की गोलियों की बौछारों में, रिवाल्वर हाथ में लिये अपनी सेना का संचालन करके प्राप्त की विजय के पदकों से सीने को ढँककर जितना संतोष उसे होता था, उससे गहरा और अधिक संतोष और आश्वासन उसे आलो के आशंका से धड़कते हृदय के सामीप्य में ही क्यों मिलता है? आलो के सिर झुका कर स्वीकार कर लेने से कि वह उसकी है, उसका सीना अभिमान से क्यों फूल उठता है?

कर्नल अपने अधिकार की सीमा को समझता था। शंका नहीं कर सकता था कि समाज के दिये अधिकार से आलो मेजर की थी, परन्तु उसका मन न मानता था कि कोई व्यक्ति वस्तु के रूप में किसी का हो

सकता है और सम्पूर्ण प्राणों और रोम-रोम से आलो को चाहने पर भी वह उसकी नहीं हो सकती थी। उसकी इस चाह में अनुचित और अपराध क्या था? जितना कुछ उसके भाग्य में आया था, वह कृतज्ञतापूर्वक उतना ही स्वीकार क्यों न करे? जो फल उसके भाग्य में नहीं, उसकी सुगन्ध ही, या एक बूँद रस ही वह पा सकता है तो उतने से ही संतुष्ट क्यों न रहे?

कर्नल कौशिव के मन में मेजर के प्रति कोई विरोध-भावना नहीं थी। वह उसका आदर करता था परन्तु मेजर का अस्तित्व ही आलो और कर्नल के बीच चलने वाली आकर्षण की विद्युत्-लहर में व्याघात बन जाता था। कर्नल और आलो के भावों की लहरें कुण्ठित हो जाती थीं; मेजर की उपस्थिति से वे दोनों अकुला के रह जाते थे। मेजर की उपस्थिति में भी परन्तु उसके अनजाने में, कर्नल और आलो की भावना का एक पृथक् व्यापार बन जाता था। प्रत्यक्ष में आने का कोई अवसर उसके लिए न था। ऊपर की ओर राह न पाकर वह भावना भीतर ही भीतर फैलती गयी; कन्द के वृक्ष की भाँति जिसकी शाखाएँ और पत्ते अत्यन्त संक्षिप्त रहते हैं परन्तु जड़ खूब फैलाव पाती है।

आलो ने कर्नल का परिचय प्रतिभा और प्रतिष्ठा के ऊँचे मंच पर खड़ी प्रतिमा के रूप में पाया था। वह प्रतिमा उसकी ओर आत्मीयता से देख कर मुस्करा दी तो आलो सुख और गर्व से पुलकित हो उठी थी। जब वही मूर्ति अपने मंच की सीढ़ियों से उतर कर आलो के कदमों के पास आ खड़ी हुई तो आलो को आशंका हुई कि वह बहुत ही बड़ी वस्तु पा रही है। उसे पूर्ण रूप से ग्रहण कर सकने का सामर्थ्य उसमें कहाँ है। जब कर्नल उसके सम्मुख कातर याचक हो उठा तो एक मधुर आशंका की मूढ़ता से आलो का मस्तिष्क धुँधला हो गया, उसका शरीर काँप उठा। ऐसी मधुर मूढ़ता, जो न तो आत्मरक्षा के लिए पीछे की ओर भागने देती है और न इष्ट की ओर हाथ ही फैलाने देती है। उस आशंका में आलो के लिए 'किसी की वस्तु' होने के संस्कार की दीवारों का सहारा ढूँढ़ने के अतिरिक्त और कुछ न था।

कर्नल कभी आलो के घर जाने पर उसे अकेला पाता तो मौन खड़ा रह जाता। आलो मुस्करा कर पूछ लेती—"चुप क्यों हैं?"

कर्नल 'ऐसे ही' कहकर उदास मुख से लौट जाता। ऐसे समय आलो का दुःख से व्याकुल हृदय जान नहीं पाता कि क्या दे देने और क्या पा लेने के लिए अकुला उठता था। उस समय उसे अपनी सब विवशता—किसी की होने की—अलंघ्य खाईं में ही दिखाई देती थी··· वह खाईं अलंघ्य थी, परन्तु जब आलो को इस खाईं के पार खड़े कर्नल के कातर नेत्र दिखाई देते और उसकी पुकार भी सुनाई देती तो वह आँखें मूँद इस खाईं में कूद जाने के लिए तैयार हो जाती है। कल्पना और विचारों में आलो इस खाईं को कितनी ही दफे नहीं कूद चुकी थी।

मेजर को सप्ताह में एक बार दिल्ली जाना आवश्यक रहता था। मेजर के घर में न रहने पर आलो अकेली बैठी क्या करती? सूर्यास्त के पश्चात् वह अकेले ही बंगले से पिछवाड़े की ओर चल देती। झाड़ियों और झुरमुटों में उलझती साड़ी की भी परवाह न करती। आगरे जाती शाही सड़क के किनारे मुगलकाल की एक पुरानी, खंडहर-अवशेष चौकी है। चौकी के पिछवाड़े करील का पुराना वृक्ष है। सूर्यास्त के पश्चात् ग्रीष्म के सूर्य की तपन से उसाँसें लेती सूखी घास से ढँकी रूखी पृथ्वी पर कर्नल उसकी प्रतीक्षा करता था। आलो कर्नल की बगल में बैठ कर, उसके सीने पर सिर रख कर और उसका सिर अपनी गोद में लेकर किसी दूसरे ही संसार में पहुँच जाती थी। इस संतोष का मूल्य उसे क्या देना पड़ सकता था? ···अपना सम्पूर्ण संसार! अपना पति और दो बच्चे! इससे परे उसका और था क्या? जब कर्नल की कातर आँखें उसे दिखाई देने लगतीं, इन सबकी बाजी लग जाने पर भी आलो रह नहीं सकती···।

आलो प्रत्येक सीमा पर निश्चय करती थी—बस, इसके आगे नहीं परन्तु सीमा पकड़ में नहीं आती थी। उसने सोचा था, कर्नल के चौड़े वक्षस्थल पर सिर रख लेने के बाद··· बस! परन्तु कर्नल इतना अधीर और कातर था कि उसे असहाय बालक के समान हृदय से लगाये बिना रह ही नहीं सकी। उसके झुके हुए होंठों को अपने होंठ अर्पण न करना सम्भव नहीं रहा। ···अपने आपको अतल में गिरने से बचाने के लिए निस्सहाय हो कर उन होंठों का आश्रय लिये बिना चारा नहीं था।

और कर्नल? वह वायु की सूक्ष्म से सूक्ष्म हरकत को पहचानने वाले यंत्र की भाँति आलो के भीरु शरीर की प्रत्येक सिहरन और संकोच से विजड़ित हो जाता था। उसके चेहरे और आँखों का भाव कहने लगता था—अपनी क्रूरता और बर्बरता के कारण वह लज्जित था। आलो को आलिंगन में लिये उसकी बाँहें स्पष्ट रूप से शिथिल हो जातीं। क्षमायाचना के धीमे-से स्वर में वह कह देता—"मैं तुम्हें बहुत दुखी करता हूँ।" तब स्नेह से उसके गले में बाँहें डाल कर इनकार से सिर हिलाये बिना आलो कैसे रहती! कर्नल के व्यवहार में कहीं बल-प्रयोग और जबरदस्ती का भाव नहीं था। उसका यह व्यवहार ही आलो को नितान्त निस्सहाय कर देता था।

आलो परिस्थिति, परिणाम और नारीत्व के संकोच का आश्रय लेकर दृढ़ बनना चाहती थी। अपना सहारा चाहते हुए कर्नल की बाँह को थाम कर उसने साहस से कहा—"मैं तुम्हारी हूँ पर मेरी बेबसी को भी तो सोचो…।"

कर्नल ने अनुगत भाव से कहा—"बहुत अच्छा!" कर्नल की यह स्वीकृति असह्य प्रहार था।

आलो ने अकुलाकर कहा—"मैं कितनी दुष्ट हूँ! तुम्हारे लिए कुछ नहीं कर सकती! …मैं केवल तुम्हें संतुष्ट देखना चाहती हूँ। इसके लिए मुझे सब कुछ स्वीकार है।"

आलो ने आँखों में आ गये आँसुओं को छिपाने के लिए कर्नल के सीने में अपना मुख छिपा लिया था। उसके केशों को सहलाते हुए कर्नल ने अस्फुट शब्दों में उत्तर दिया—"मेरे संतोष के लिए इतना बड़ा मूल्य! …समझ लो मैंने सब कुछ पा लिया।"

आलो निर्बलता, अतृप्त और असामर्थ्य की वेदना से बहुत देर तक रोती रही।

मेजर देखता था—कर्नल की प्रतीक्षा में आलो इतनी अनमनी हो जाती थी कि मानो मेजर था ही नहीं। कर्नल की उपस्थिति से वह खिल उठती, उसकी आँखों में चमक आ जाती थी। कर्नल में उसके लिए जादू का आकर्षण था।

बहस में मेजर को विशेष रुचि न थी। वह स्वभाव से मौन और कर्मठ था। उसका अध्ययन दार्शनिक, तर्क-वितर्क और बुद्धि की

पैंतराबाजी के लिए नहीं, अपने विषय का गहरा परिचय पाने के लिए था। 'क्यों और क्यों नहीं' के चिन्तन में उनकी विशेष रुचि नहीं थी। वह कल्पना का नहीं, तथ्य का जिज्ञासु था। प्रेम के सम्बन्ध में उसे इतनी ही चिंता थी कि—मनुष्य शरीर की क्रिया और उसके स्वास्थ्य के सम्बन्ध में उसका क्या प्रभाव हो सकता है? प्रेम की भावना से काल्पनिक सुख पाने और उस भावना से सृष्टि रच लेने से उसे प्रयोजन नहीं था। वह करता था शरीर की चिकित्सा; मन, भावना और आत्मा जैसे तर्क और कल्पना में सीमित रहने वाले पदार्थों की नहीं। अपने विषय के क्षेत्र का ही वह चिन्तन और चर्चा करता था।

मेजर ने एक दिन अपने साधारण स्वभाव के विरुद्ध प्रेम की व्याख्या और तर्क किया। उसका कारण भी व्यावहारिक बुद्धि तथा स्वास्थ्य के प्रति डॉक्टर की सावधानी ही था। उसे आलो और कर्नल का परस्पर प्रबल आकर्षण दिखाई दे रहा था। वह इस आकर्षण का प्रभाव दोनों शरीरों की क्रिया में प्रकट हो जाने से पहले ही, लक्षणों को पहचान कर, उन्हें आने वाली परिस्थिति से बचने के लिए सावधान कर देना चाहता था।

मेजर ने कहा—"आवश्यकता के बिना मनुष्य शरीर में कोई क्रिया नहीं होती, कोई रुचि भी नहीं होती। नर-नारी शरीरों की सृजन-शक्ति अपना प्रयोजन पूरा करने के लिए ही उनमें आकर्षण और रुचि पैदा करती है। नर-नारी मात्र के परस्पर आकर्षण में यही रहस्य है। इस आकर्षण को किस सीमा तक चरितार्थ होने का अवसर मिलता है, इसी बात पर बहुत कुछ निर्भर करता है। आकर्षण को इन्द्रियों द्वारा प्रकट होने का अवसर न मिलने से ये नहीं कहा जा सकता कि वह शारीरिक आकर्षण नहीं है। देखने और स्पर्श की इच्छा भी इन्द्रिय आकर्षण है। हाथ मिलाने और चुम्बन में अन्तर जान पड़ता है परन्तु समीप आने और स्पर्श पाने की कामना और भावना दोनों में एक ही जैसी है। इस कामना को तभी संतोष होता है जब तृप्ति से उत्तेजना शान्त होकर शरीर शिथिल हो जाता है।…"

मेजर ने स्पष्ट शब्दों में नहीं कहा, परन्तु आलो भी समझ गयी कि अभिप्राय क्या था। अपने हृदय के मर्म-स्थल पर आँच अनुभव कर उसका मन आशंकित जरूर हुआ परन्तु प्रत्यक्ष में उसने कुछ स्वीकार नहीं

किया; एतराज भी नहीं किया कि मेजर उनकी शुद्ध मित्रता के प्रति वैसा सन्देह कर सकता है। ऐसा एतराज कर देने से वह समझ जाने के अपराध में कर्नल से दूर रहने के लिए विवश हो जाती।

आलो मेजर के इन शिखण्डी बाणों के प्रति तटस्थ भाव से विस्मय प्रकट कर उन्हें हँसती हुई सह गयी और बोली—"वाह, तुम भी कैसी बातें करते हो! मनुष्य के हृदय का मूल्य तुम्हारी दृष्टि में धड़कन गिन सकने और रक्त की गति जान सकने के लिए ही है?"

मेजर इससे अधिक और क्या कह सकता था? सम्पत्ति या वस्तु के रूप में नारी को अपने साथ बाँध कर रखने का ओछापन प्रकट करना उसके आत्मसम्मान को गवारा न था।

मेजर ने अपने हृदय की धड़कन सुनते-सुनते दो पहर रात गुजार दी। उस धड़कन में रक्त की गति ही नहीं कुछ और भी था। दाँतों से होंठों को दबा कर वह सोचता रहा—कर्नल की तुलना में वह क्या इतना अरोचक और अपदार्थ है? कर्नल की अटपटी बातों से आलो के चेहरे पर छा जाने वाली कान्ति की स्मृति उसे दाहक जान पड़ने लगी।

आलो के शीतल-सुखद स्पर्श की स्मृति से अब मेजर की बाँहें स्फुरित नहीं हो जाती थीं बल्कि उनमें किसी दोष को पहचान कर एक अरुचि-सी मेजर के मन में जाग उठती थी। उसे आलो की कमनीय देह अपनी ओर से हटकर कर्नल की ओर सरकती जाती दिखाई देती थी, परन्तु वह क्या कर सकता था? ···कर्नल चाहे जैसा भी था यदि आलो की दृष्टि में वह इतनी बड़ी चीज़ था ···यदि आलो का शारीरिक और मानसिक गठन कर्नल के शारीरिक और मानसिक गठन की ओर अधिक आकर्षित होता था, उसके सामीप्य से अधिक स्पन्दित होता था, तो वह क्या कर सकता था? ···क्या वह बीच से हट जाता? जैसे दूषित फल की ओर रुचि नहीं होती वैसे ही अब मेजर आलो की ओर आकर्षण अनुभव नहीं करता था, परन्तु अपनी वस्तु को अपना कर रखना तो आवश्यक था ही। हृदय की गति तीव्र हो जाने से रक्त सिर में चढ़ जाता और वह सो न सकता था। अनेक भयंकर कल्पनाएँ और सम्भावनाएँ उसके मस्तिष्क में उठने लगतीं।

बंगले की सीमा पर खड़े ऊँचे और झीने युकलिपटिस के वृक्षों से छनकर चाँदनी मेजर और आलो के पलंगों पर पड़ रही थी। दूध से

सफेद बिस्तर पर कोहरे जैसी पारदर्शी मसहरी से ढका, फेन जैसी मलमल में लिपटा आलो का शरीर दिखाई दे रहा था जैसे किसी कलाकार ने 'सुषुप्त-सौन्दर्य' का दृश्य बनाया हो। उसकी सजीव शीतल-स्पर्श बाँहें, डमरू जैसी पतली कमर के ऊपर-नीचे उसके शरीर की कमनीय पुष्टता, जो एक दिन मेजर को अतृप्ति और कामना की सुखद मूढ़ता में विस्मृत कर देती थी, अब केवल चिंता उत्पन्न कर रही थी।

अगले दिन सुबह की छोटी हाजिरी के समय मेजर ठीक से वर्दी पहने, भावों को संयत किये बैठा था। सहज उत्साह से आलो ने पूछ लिया—"अस्पताल से कब तक लौटोगे?"

"क्यों, गाड़ी चाहिए?" मेजर ने पूछा। उसे याद आ गया, बृहस्पति की संध्या कर्नल का उनके यहाँ चाय पीने का नियम था। आलो कर्नल की पसन्द की चीज़ों के लिए चिंतित हो जाती थी। खीरे के सेण्डविच, सोयाबीन की खताइयाँ। दूसरी ओर मेजर को दिखाई देने लगी अपनी रात भर की अनिद्रा, जिसकी न किसी को खबर थी, न चिन्ता। और··· मथुरा में खीरा न मिल सकने की आशंका से खीरे के लिए समय पर देहली तार दे देना।

मेजर ने शान्त स्वर में उत्तर दिया—"आज मैं घोड़े पर जाऊँगा। बैरा, साईस को बोलो—घोड़ा लाये!"

आलो की मुद्दत से तमन्ना थी, चाँदनी रात में ताज देखने की। कर्नल से ही उस सौन्दर्य की चर्चा उसने सुनी थी। आलो बहुत दिन पहले से ही मेजर को मजबूर करके, अनेक काम स्थगित कराकर, कार्तिकी-पूर्णिमा की रात आगरा चलने के लिए जोर दिये आ रही थी। दो ही दिन बीच में शेष थे। उस दिन संध्या की चाय के समय इस विषय में वह कर्नल से भी निश्चय कर लेना चाहती थी। यों तो उसे विश्वास था कि कर्नल उनके साथ गाड़ी में जरूर चलेगा।

कर्नल के आ जाने पर प्यालों में चाय छोड़ते हुए, चार दिन पूर्व मेजर द्वारा की गयी प्रेम की व्याख्या की बात याद कर, आलो के चेहरे पर संकोच की लाली छा गयी। फिर भी उसनें कर्नल से पूछ लिया—

"आपका क्या ख्याल है, प्रेम क्या केवल इन्द्रिय-आकर्षण और शारीरिक आवश्यकता ही है?"

आलो के इस प्रश्न का अर्थ कर्नल और मेजर दोनों के लिए अलग-अलग था।

हाथ में लिये समाचार-पत्र में दृष्टि गड़ाये और चाय के प्याले में बहुत देर तक चम्मच चलाते हुए मेजर अपने ऊपर आने वाले इस वार की प्रतीक्षा करने लगा।

कर्नल आलो के इस प्रश्न को अपने व्यवहार में उच्छृंखलता के आभास के प्रति ताना समझ सकता था परन्तु उसे आलो पर अगाध विश्वास था। वह भला था या बुरा, कुछ भी था, अपने आपको आलो की वस्तु समझकर निश्चिन्त था। स्वभाव के अनुसार प्रश्न के अनुसार प्रश्न को अधमुँधी आँखों से सोचकर कर्नल ने उत्तर दिया—"प्रेम में इन्द्रियाकर्षण भी है परन्तु यह नहीं कहा जा सकता कि प्रेम केवल इन्द्रियाकर्षण ही है। मनुष्य का जीवन पशुओं की भाँति केवल इन्द्रियों के क्षेत्र तक ही सीमित नहीं है। मनुष्य मन और चिंतन प्रधान जीव है। मानसिक सन्तोष के लिए भी वह बहुत कुछ करता है। मनुष्य जब नक्षत्रों की दूरी नापने और नये विटामिन ढूँढ़ने में जीवन लगा देता है, तो उसे किस इन्द्रियसुख की प्राप्ति होती है! इससे केवल मन या बुद्धि का ही सन्तोष होता है। ऐसे ही मन और मस्तिष्क से भी किसी वस्तु को पाने की इच्छा की जा सकती है। मन का यह अनुराग शरीर और इन्द्रियों से प्रकट हो सकता है और संभव है कि वह उस तरह प्रकट न हो, केवल मन या मस्तिष्क में ही रहे।"

आलो कर्नल की बात सुनने की उत्कंठा में चाय के प्याले को भूल गयी थी। प्याला होंठों से लगा कर, प्याले के ऊपर से देखते हुए उसने कहा—"मन और मस्तिष्क का प्रेम और आकर्षण भी तो सन्तोष देता है। जैसे विचारों की एकता, या श्रद्धा या भक्ति, नहीं क्या?"

मेजर इस प्रकार चुप था मानो अखबार में कोई बहुत ज़रूरी बात ढूँढ़ रहा था। मेजर की इस उपेक्षा और उदासीनता की चिन्ता न करना सहृदय कर्नल के लिए सम्भव न था। मित्र की उदासीनता में, उसकी स्त्री की संगति से सुख पाने के अपराध की अनुभूति से झेंप कर कर्नल ने क्षमा माँगते हुए पूछ लिया—"क्यों चौहान, बिल्कुल चुप कैसे हो?"

"नहीं तो, कुछ नहीं।" मेजर ने पत्र से आँख हटाये बिना ही संयत स्वर में उत्तर दे दिया; परन्तु उसके स्वर और मुद्रा में विश्राम के समय का हलकापन न था। कर्नल को लगा, मेजर भयंकर तूफान की प्रतीक्षा में स्तब्ध आकाश की तरह गंभीर था। कर्नल चिन्ता को प्रकट परिहास और हलकेपन में छिपाये रखने का यत्न कर रहा था, परन्तु चाय के अन्त तक यह निभ न सका।

आह्लाद के मद में माती आलो को अपने भाग्य के आकाश में घिरते इस तूफान की आशंका भी न थी। हृदय में छलकती सहृदयता से वह दोनों को ही सराबोर और तृप्त कर देना चाहती थी।

मन की आशंका से परास्त होकर कर्नल का स्वर बदल गया। उसने कहा—"अब चलूँगा, कुछ काम है" और सहसा उठ खड़ा हुआ।

आलो ने उसके घुटने पर हाथ रख कर कुछ देर बैठने का आग्रह किया पर वह टिक न सका।

आलो ने तीन कमरों को पार कर, कर्नल की ड्योढ़ी में खड़ी गाड़ी तक उसे छोड़ने जाते समय, कर्नल के कन्धे से सिर लगाकर पूछा—"परसों चाँदनी में ताज देखने तो चलोगे न?"

"नहीं, नहीं चल सकूँगा!" कर्नल ने निश्चय के स्वर में उत्तर दिया और वह चला गया।

आलो ने उस रात मेजर की चुप को तोड़ने का यत्न कितनी ही बार किया परन्तु बीच में कर्नल की उदासी का ध्यान आ जाने से वह भूल-सी जाती थी। आखिर उसने पूछा—"तबीयत तो खराब नहीं?"

उत्तर में 'नहीं' सुनकर वह स्वयं थकान अनुभव करती हुई अपने पलंग पर जा लेटी।

अगले दिन और मोटर से आगरे चल देने के समय से कुछ पहले तक आलो ने तीन-चार बार कई कारण बता कर सुझाया, ताज देखने जाने की बात यदि किसी दूसरी पूर्णिमा के लिए स्थगित हो सकती तो अधिक अच्छा होता। दो-एक बार शायद मेजर ने सुना नहीं और जब न सुनने का उपाय न रहा, तो दूसरे की चिन्ता में अपनी उपेक्षा का तीव्र विष निगल कर भी स्वर को सँभाल कर उसने उत्तर दिया—"छुट्टी तो ले ही ली है, कैंसल करना ठीक नहीं जँचेगा!"

रास्ते में आलो ने द्रवित स्वर में पूछा—"तुम कुछ उदास से हो ?"

मेजर ने स्वर में अस्वाभाविक स्फूर्ति लाने का यत्न कर उत्तर दिया—"नहीं तो!"

हृदय के अगाध शोक की स्मृति में आँसुओं के पिरामिड की भाँति, अनन्त पीड़ा के संकेत के रूप में ताजमहल की समाधि बनायी गयी थी। हृदय की वह चरम अनुभूति घनीभूत होकर सौंदर्य में परिणत हो गयी। आँसू मोती बन गये। जीवन की गति ऐसी ही है।

शाहजहाँ के अमर शोक ताजमहल में आनन्द और तृप्ति की खोज करने वालों का समारोह लगा हुआ था। जन-रव के कोलाहल में ताज का शुभ्र शोक आत्मरत और स्तब्ध खड़ा था। उस शोक का शृंगार करने के लिए चारों ओर फव्वारे चाँदनी में मोती उछाल रहे थे। घास के मखमली फर्श पर कला-प्रेमियों की महफिल में कोई कलावंत सितार के दुखे हुए तारों को विकल करके उनके मर्मान्तक चीत्कार से आनन्द की वर्षा कर रहा था। कहीं कोई सौंदर्य प्रेमी उस महाशोक के सौंदर्य को अत्यंत एकाग्र भाव से, अपलक तृषित नेत्रों से हृदयस्थ किये जा रहे थे। उसी आँगन में प्रेमियों के जोड़े चिर-विरह की छाया में चिर-मिलन का संकल्प कर रहे थे।

ग्यारह बजे तक प्रायः मेला-प्रेमी चले जा चुके थे। अब देश-विदेश से आये कला और सौंदर्य के विशेष पारखियों के समूह आने लगे थे। कोण विशेष से चन्द्रमा की किरणें आने पर, फेन के समान श्वेत संगमरमर में जड़े जवाहिर अपनी चिर-निद्रा से जाग कर किरणें छिटकाने लगे थे।

मेजर और आलो एक ओर बेंच पर बैठे थे। अनिच्छा से लायी जाने पर भी आलो ने चाँदनी में सराबोर ताज की ओर देखते हुए मुस्कराकर कहा—"ओफ, कितना भव्य सौंदर्य है!" और दूसरे क्षण, वह शुभ्र शीतल शोभा आलो की दृष्टि में निर्जीव हो गयी। उसकी अपलक आँखों के सामने चाँदनी, ग्रीष्म के धूल-धूसरित आकाश या गँदले तालाब की भाँति हो गयी, जिसमें ताजमहल एक उजले पत्थर की भाँति खड़ा था। आलो को दिखाई देने लगा—एक खंडहर की बगल में उगा हुआ छायारहित करील का विरूप वृक्ष। वृक्ष के नीचे बिखरी हुई ईंटों पर बैठा कर्नल उसकी कठोरता और संकोच की शिकायत कर रहा था। समीप

बैठे कर्नल और आलो अपनी सीमाओं में बँधे छटपटा रहे थे। आलो उस व्याकुलता के प्रवाह में सब बाधाओं को तोड़ कर कर्नल को पा लेने और उसकी हो जाने के लिए सम्पूर्ण प्राणों से आकुल हो उठी।

आलो का शरीर रोमांचित हो गया और आँखों में आँसू आ गये। वह सहसा चौंकी, कर्तव्य याद आया। उमड़ते आँसुओं को पी, होंठों पर मुस्कराहट लाकर उसने मेजर को फिर सम्बोधन किया—"ओफ, कितना सुन्दर है यह दृश्य!"

आलो की बगल में चुप बैठा मेजर उसकी विस्मृति और मौन के बोझ को अपने हृदय पर झेल रहा था। आलो के मौन के कारणों की कल्पना से उसकी आँखों से चिनगारियाँ फूट जाना चाहती थीं। बगल में बैठी अपनी स्त्री के मौन और उदासी में उसे दिखाई दे रही थी—कर्नल की याद और अपना अपमान! समीप बैठी अपनी स्त्री का शरीर, जो एक दिन उसके लिए सुखद अनुभूति और विश्रांति का स्रोत था, आज शत्रु के देश की तरह अगम बन गया था। आलो अब भी उतनी ही सुखद और मोहक दिखाई दे रही थी परन्तु कर्नल को मन में लिए आलो उसके किस काम की थी? जैसे किसी दूसरे का चबाया हुआ कौर हो।

मेजर अपने हृदय पर लगी चोट को भुलाकर डॉक्टर बना रहना चाहता था। इस विचार से आलो को, मन पर विशेष रूप से प्रभाव डालने वाली परिस्थितियों में लाकर, जहाँ कर्नल का ध्यान उसके मन में न हो, मेजर उसे एक बार फिर से अपनी ही बना लेना चाहता था। मेजर इसीलिए आलो को कार्तिकी-पूर्णिमा में कल्पनातीत शोभा बरसाते ताज की छाया में आगरे लाया था। वहाँ पहुँच कर उसने देखा—सशरीर कर्नल की अपेक्षा उसकी स्मृति आलो को और भी अधिक वश में किये हुए थी। अपने सामीप्य से जिस स्फूर्ति की आशा वह आलो से करता था, वह कहीं न थी। कर्नल की छाया ने उन्हें अलग-अलग कर दिया था। आलो जो उसकी थी, उसकी नहीं रही थी। आलो जो उसके व्यक्तित्व, परिवार और प्रतिष्ठा का आधार थी, उससे दूर चली जा रही थी और वह दोनों बाँहें फैलाये असहाय किनारे खड़ा था।

मेजर ताज की ओर आँखें गड़ाये सोच रहा था—क्या वह अपने जीवन को यों छीन लिया जाने देगा?

आलो ने सहसा कह दिया—"अब वापिस चलें!"

अभी उन्हें आये देर ही कितनी हुई थी?

मेजर का हृदय एक भयंकर विडम्बना से घायल हो गया। महीनों से कार्तिकी-पूर्णिमा में ताज को देखने की आलो की व्याकुलता दस ही मिनिट में समाप्त हो गयी थी! ···क्यों?

मेजर का मन प्रतिहिंसा से बेचैन हो उठा।

मेजर जिस प्रयोजन और अवसर की तलाश में इतनी दूर आया था, उसे किस सरलता से फूँक मारकर उड़ा दिया गया था! कर्नल इतनी दूर बैठकर भी उसकी गर्दन दबा कर उसके जीवन के श्वास को रोक रहा था। मेजर को जान पड़ा कि जीवन के जंगल से उसे निर्बल जीव की भाँति खदेड़ा जा रहा था। सबल जीव उसके जीवन के सार का भोजन करके तृप्त होना चाहता था। उसका रक्त आत्म-रक्षा के लिए, प्रतिहिंसा की भावना से खौल उठा। उसके नाखून पंजों से बाहर निकल आये।

आलो बेचैन हो रही थी, जैसे काँटों पर बैठी हो। उसने साड़ी का आँचल कंधों पर खींचते हुए अनुनय के स्वर में मानो दया की भीख माँगी—"अब चलें, सर्दी हो रही है।"

मेजर को जान पड़ा, इस अनुनय से आलो उस पर जबरदस्ती और अमानुषिकता का इलजाम लगा रही है। 'चलो' कहकर वह सहसा उठ खड़ा हुआ। मेजर सिर लटकाये, होंठ चबाते हुए लौटते समय सोच रहा था, उसके साथ दस मिनिट बैठना भी असह्य हो गया। उसे इतना अपदार्थ और हेय समझ लिया गया है। अपनी ही स्त्री की संगति के लिए वह याचक बन गया था और उसकी याचना ठुकरायी जा रही थ।।

मेजर और आलो अपनी गाड़ी में चुपचाप लौट रहे थे। आलो थकी-सी ठंडी हवा की सर्दी से सिकुड़ी और सिमटी हुई थी। मेजर शिकारियों से घिर गये चीते की भाँति आत्मरक्षा के लिए वार करने पर तत्पर था। आत्मरक्षा के लिए वार करने के सिवा दूसरा उपाय न था। उसका व्यक्तित्व, उसका पौरुष, परिवार का सम्मान, सबसे बढ़ कर पुरुष के स्वामित्व का अधिकार और स्थिति सब कुछ जा रहा था। सभ्य समाज की भद्रता की शतरंजी चालों में असभ्य समझे जाने की 'शह' को बचाता हुआ वह 'मात' होकर समाप्त होने जा रहा था। प्रतिद्वन्द्वी चतुर खिलाड़ी का विनोद अब भी पूरा नहीं हुआ था। इस खेल का अन्त मेजर के अन्त में था। अंगारे की सी आँखों से शत्रु की ओर घूरते हुए चीते की भाँति

मेजर अपने दोनों हाथ पतलून की जेब में डाले, दाँतों से होंठ चबाये आकाश में खिलखिलाते चन्द्रमा की चाँदनी में अपनी परछाईं को कुचलता चला जा रहा था।

मेजर को मस्तिष्क के क्षोभ से पथरायी आँखों के सामने दिखाई दे रहा था—कर्नल कौशिव अपनी बाँह पर भाव-मूढ़, शिथिल शरीर, सुख से मुस्कराती आलो को लिये जा रहा है। मेजर को तिरस्कार से ललकार कर कह रहा है—नारी के शरीर पर स्वामित्व का तुम्हारा अहंकार निर्मूल है। जिस व्यक्ति से वह तृप्ति और सन्तोष पा सकती है, वही उसका स्वामी है। ···तुम अयोग्य हो। ···जैसे असमर्थ पशु वन से भाग कर प्राण बचाता है, वैसे ही तुम भी भाग जाओ।

मेजर की शिराएँ सिर पर आये आक्रमण से कंटकित हो उठीं। वह क्या निर्बल और भीरु पशु की भाँति निस्सत्त्व होकर, दुम दबा कर, सब कुछ खोकर भाग जायगा! परन्तु यों भागकर जान बचा लेने से क्या बचा रहेगा! निर्बल पशु भी अपने दाँतों और पंजों से आत्मरक्षा की चेष्टा किये बिना अपनी पराजय स्वीकार नहीं करता··· वह क्या नपुंसक बन कर अपना गला कट जाने देगा!

कार्तिकी-पूर्णिमा की रुपहली धूप-सी उज्ज्वल चाँदनी में काली रेखा सी स्पष्ट और सुनसान सड़क पर मोटर तीर की तरह दौड़ी जा रही थी। आलो मोटर की तेज चाल की सिहरन से, ठण्डी वायु के तीखे स्पर्श से और मेजर की भयानक गम्भीरता से काँप-काँप उठती थी। उसके गालों पर आँसुओं की दो धाराएँ बार-बार चमक उठतीं और शीतल वायु उन्हें बार-बार सुखा देती। अनुभव हो रहा था कि प्रलय का वेग उसे अत्यन्त समीप अन्त की ओर उड़ाये लिये जा रहा है। वह अन्त है, मेजर की मूक और गम्भीर नाराजगी।

आलो का रोम-रोम काँप रहा था। अपने अपराध के बोझ से श्वास रुकता-सा जान पड़ता था। मेजर की नाराजगी उसका अपराध था। यदि मेजर नाराज है, असंतुष्ट है तो यह उसका अपराध है। मेजर असंतुष्ट क्यों है? क्या वह उसके उपयोग में नहीं आती! मेजर को उससे विरक्ति क्यों होती है?

आलो का हृदय अपराध की अनुभूति से बैठा जा रहा था। सोच रही थी, उपयोग में आने से उसने कब इनकार किया है। मेजर चाहे

जिस तरह उसका उपयोग करे। वह बेशक उसके टुकड़े-टुकड़े कर दे, उसे अपने पैरों के नीचे कुचल डाले परन्तु नाराज न हो। मेजर को सब अधिकार है। उसका संतोष ही उसका जीवन है। इनकार का अधिकार ही उसे कब है! क्या कभी उदास हो जाने का भी अधिकार उसे नहीं है?

आधी रात बाद तीन बजे भी कार्तिकी-पूर्णिमा का चाँद अपने स्निग्ध तेज से आकाश में चमक रहा था। मेजर की मोटर उसके बंगले की ड्योढ़ी में वापिस पहुँच गयी। मेजर ने कुछ बोले बिना आलो के समीप का दरवाज़ा खोल दिया। आलो बेखुदी की सी हालत में मोटर से उठ कर अपने पलंग पर जा गिरी। वह फूट-फूट कर रो उठी। रोने का वह वेग जैसे अनन्त और अपार था।

मेजर अपने कमरे में पहुँच कर फर्श के बीचोंबीच खड़ा रह गया। मानसिक उत्तेजना सीमा से बढ़ जाने के कारण चहलकदमी के लिए कदम उठाना भी सम्भव न रहा। सिर झुकाये खड़े मेजर को कपड़े पहनने की आलमारी के कोने में, चमड़े के केस में लटका हुआ रिवाल्वर दिखाई देने लगा। अपनी निर्बलता की अवस्था में, जब उसे शक्ति और सहायता की आवश्यकता थी, शक्ति का वह रूप उसकी आँखों के सामने नाच गया। रिवाल्वर को अपने माथे पर रख कर उँगली का इशारा मात्र कर देने से वह सब झंझटों से छूट सकता था। मेजर का सिर इनकार के संकेत में हिल गया। इस विचार को कुचल डालने के लिए उसने अपना पैर फर्श पर पटक दिया।

मेजर ने सोचा, अपने आपको समाप्त कर देने से अन्याय का प्रतिकार नहीं हो सकेगा, उसके अधिकार और अस्तित्व की रक्षा नहीं हो सकेगी, वह अपने पौरुष और परिवार के सम्मान को नहीं बचा सकेगा। एक बार खयाल आया, आलो को समाप्त कर देने से सब उलझन समाप्त हो सकती है परन्तु वह उसे अपने अधीन क्यों नहीं रखेगा? उसे पत्नी की ज़रूरत है और वह उसकी है ...वह उसे खो क्यों देगा ...पराजय क्यों स्वीकार कर लेगा? क्यों न वह संकट के मूल प्रतिद्वन्द्वी को दूर करे! अपने ऊपर प्रहार करने वाले को ही क्यों न समाप्त करे... मेजर के होंठ

निश्चय के भाव से बल खा गये। उसकी आँखें अधमुँदी होकर कल्पना में देखने लगीं। वह तुरंत जाकर कर्नल को समाप्त कर दे सकता था परन्तु सहसा उतावले बन जाने से उद्देश्य पूरा होने के बजाय और भी बरबादी होती।

मेजर ने अपने कमरे में कई चक्कर लगा चुकने के बाद कुर्सी पर बैठकर उपाय निश्चय किया। कमरे के दरवाज़े पर उँगलियों की हल्की आहट सुनाई दी। आँख उठाकर देखा। बैरे ने सलाम कर खबर दी, छोटी हाजिरी तैयार है।

मेजर ने खिड़की की राह बाहर देखा। चाँद की जगह सूर्य की किरणें ओस से भीगे वृक्षों और घास को सहला रही थी। संसार का रंग बदल चुका था परन्तु मेजर के मन में रात की बेचैनी काँटे की तरह चुभ रही थी।

"बहुत अच्छा!" उसने बैरे को उत्तर दिया और खाना खाने के कमरे में जाकर आलो की प्रतीक्षा किये बिना नाश्ता आरम्भ कर दिया।

बैरे ने दुबारा सलाम दी—"मेम साहब सलाम बोलती हैं। तबियत खराब है, चाय नहीं पियेंगी।"

मेजर ने सिर हिलाकर खबर मिलने की स्वीकृति दी और चुपचाप नाश्ता करता रहा।

मेजर दिन भर के लिए छुट्टी पर था। वह कहीं बाहर नहीं गया। दोपहर का खाना भी उसने अकेले ही खाया और अभ्यास के विरुद्ध सिगरेट बहुत पिये परन्तु कमरे में सिगरेट समाप्त हो जाने पर और लाने के लिए बैरे को न पुकारा। आलो के दिन भर अपने कमरे में पड़े रहने पर उसकी चिन्ता न करना असाधारण बात हो जाती, इसलिए दोपहर बीतने पर मेजर ने उसके कमरे में जाकर पूछ लिया—"कैसी तबियत है?"

"ठीक है।"

"कोई तकलीफ तो नहीं?"

"नहीं।"

मेजर वापिस लौट गया।

आलो ने दोपहर तक प्रतीक्षा की थी कि मेजर उसकी तबियत पूछने आयेगा। आखिर उसका पति-हृदय उसकी असहाय अवस्था पर पिघलेगा। इसी आशा में आलो ने मान भरा उत्तर दे दिया था कि दिन भर रोकर, उपेक्षित पड़ी रह कर भी उसकी तबीयत ठीक है, उसे कोई तकलीफ नहीं। उसके आँसू उमड़ा ही चाहते थे कि उसे मेजर के बाहर चले जाने की आहट सुनाई दी। वह प्रबल वेग से फूट-फूटकर और हिचकियाँ लेकर रो पड़ी।

आलो उस दुख में किसकी शरण ले सकती थी! उसके दोनों बच्चे उससे बहुत दूर मसूरी के एक स्कूल में शिक्षा पा रहे थे। उसका पति उसे तड़पाने में सुख पा रहा था। यह दण्ड उसे किस बात का दिया जा रहा था। केवल विवश और पराश्रय होने का! वह केवल मर कर ही शान्ति पा सकती थी। केवल मृत्यु ही उसे शरण दे सकती थी परन्तु मौत कैसे आ जाती··· उसके मर जाने से दुख किसको होगा? उसके बच्चे बिलखेंगे परन्तु उतनी दूर शायद खबर भी न पहुँच सके। ···कर्नल? वे ज़रूर दुखी होंगे। कितना विशाल हृदय है उनका और कितनी करुणा है। उनका हाथ सिर पर होने से इस समय कितना सहारा मिल सकता था; वही उसे नहीं मिल सकता—मुझे शान्ति और सान्त्वना मिल सकना पाप है। वे अब कभी न आ सकेंगे। मेरी अवस्था को जानकर भी न आ सकेंगे। वे जाने क्या सोच रहे होंगे ? वे व्यवहार में जितने कड़े हैं उतने ही भावुक भी हैं। हृदय उनका दुख में धधकेगा परन्तु मुख से कुछ नहीं कहेंगे। और उन्हें आश्वासन देने वाला कौन है जो उनके परेशान सिर को अपनी गोद में रख सकें? ···आलो को दिखाई देने लगा—कर्नल का वह गम्भीर और रोबीला चेहरा। उसकी आँखों में दो बूँद आँसू थे। ···उन्हें सहारा देने वाला कौन है?

आलो तड़प उठी। उसने दाँतों से होंठ काट कर गले में उमड़ आते क्रन्दन को दबा लिया। अपनी दीन और निस्सहाय अवस्था पर सिर नोच कर रो देने की इच्छा होती थी और आत्महत्या कर लेने की; परन्तु कर्नल के दुख की चिंता में उसका दुख दूर करने के लिए वह किसी भी दुस्साहस के लिए तैयार थी। कर्नल के उदास मुख को हृदय से लगाकर, आश्वासन का एक शब्द कह सकने के लिए लोक-लाज की परवाह न कर, उसके घर जाने के लिए, सड़क किनारे की चौकी के खण्डहर तक

जाने के लिए भी तैयार थी। वह तो प्राण तक दे देने के लिए तैयार थी। उसके दुख का कारण वही तो थी क्योंकि वे उस पर अनुग्रह करते थे··· यदि इस दुख से उन्हें कुछ हो गया तो? ···कर्नल के संतोष के लिए वह अपने प्राण तक दे सकती थी परन्तु उसके प्राण क्या उसके अपने थे! ···और मेजर! मेजर के संतोष के लिए भी वह अपने प्राण देने के लिए व्याकुल थी। मेजर की मुस्कराहट का मूल्य वह अपने प्राणों से देने में नहीं हिचकती परन्तु उसके प्राणों का मूल्य क्या था? प्राण देकर वह कुछ भी तो नहीं कर सकती थी।

मेजर के साधारण जीवन में अन्तर नहीं दिखाई देता था। अन्तर केवल इतना था कि पहले मिसेज चौहान सदा ही मेजर के साथ रहती थीं अब वह सभी जगह अकेला जाता था। कारण यह था कि मिसेज चौहान की फेफड़े की पुरानी बीमारी फिर चमक उठी थी और उन्हें पूर्ण विश्राम की आवश्यकता थी। मेजर गम्भीर तो पहले से ही था। उस गम्भीरता में चिन्ता का कुछ पुट और मिल गया था। स्त्री की कठिन बीमारी में वह स्वाभाविक भी था।

मेजर और कर्नल की पुरानी मित्रता यथावत् थी। आगरे से लौट कर केवल चार दिन ही मेजर कर्नल के यहाँ न जा सका था। कर्नल को अपने यहाँ आने के लिए वह नहीं कहता था। वह ऐसी बात ही नहीं आने देता था कि कर्नल उसके यहाँ चलने का प्रस्ताव करे। कर्नल इस स्थिति को समझता नहीं था सो बात नहीं थी, परन्तु भद्रता के नाते उसने ऐसा व्यवहार किया कि जैसे समझता नहीं था। मानसिक क्षोभ के कारण वह शरीर में बनी रहने वाली शिथिलता बताता था। शरीर की इस शिथिलता का कुछ भी निदान नहीं था। सम्भवतः अफगान युद्ध में लगे घावों का कुछ प्रभाव उसके शरीर में शेष रह गया था।

मेजर कच्चा डॉक्टर नहीं था कि मानसिक और शारीरिक शैथिल्य में भेद न समझ सकता। कर्नल की शिथिलता और अस्वास्थ्य का कारण वह खूब समझता था और लहू के घूँट भर कर रह जाता था। प्रत्यक्ष में वह सहानुभूति और चिंता ही प्रकट करता था। उसने वैज्ञानिक ढंग से

कर्नल को समझाया—घावों का विष शरीर में रह जाने पर स्नायु की दुर्बलता शरीर को क्लांत कर देती है। उसका उपचार होना आवश्यक है। मेजर ने कर्नल को पूर्ण विश्राम कर औषध सेवन करने का परामर्श दिया।

कर्नल को मानसिक व्यथा और विरक्ति में रोगी बनकर, एकान्त में पड़े रहने में ही सुविधा थी। निरंतर शैथिल्य और रोगी के से व्यवहार से वह रोगी ही बन भी गया था। मेजर नुसखा लिख देता था और कर्नल का अर्दली दवा ले आता था। वह दवाई कभी कर्नल के पेट में और कभी यों ही जाती थी। कर्नल के अन्तःकरण के प्रति विरक्ति, ग्लानि और विरोध उठता था परन्तु मेजर मित्रता के नाते सेवा और सहृदयता का व्यवहार करता था तो उसे ठुकरा कैसे दिया जा सकता था? यह जानकर भी कि मेजर साधारण मनुष्य की संकीर्णता और ईर्ष्या से ऊपर नहीं था, कर्नल को स्वीकार करना पड़ता कि उसमें दूसरे कितने ही गुण थे। उसकी न्याय बुद्धि स्वीकार करने के लिए बाध्य थी कि मेजर के दुख का कारण वह स्वयं था। वह उसके प्रति सहानुभूति का व्यवहार करने के लिए विवश था।

आलो की चाह ही कर्नल का रोग था परन्तु आलो को आशंका से बचाये रखने के लिए प्रत्यक्ष में उसे भुलाकर, उससे उदासीन रहकर, वह सब कुछ सह रहा था। वह जिक्र भी न करता, आह भी न भरता। भय था—उसकी आह की ऊष्णता से वह कोमल फूल झुलस जायगा।

शरीर की व्याधि में मेजर को अपनी दवाई पर भरोसा था और मानसिक रोग की औषध वह समय को समझता था, परन्तु मेजर के दोनों ओर पड़े हुए मानसिक और हार्दिक व्याधि के रोगियों पर समय के मरहम ने कोई प्रभाव न दिखाया था। आलो और कर्नल की गुप्त व्यथा और उनका प्रकट शैथिल्य मेजर को दो ओर से आने वाले बाणों की भाँति बेध रहा था। मेजर की उपेक्षा कर दोनों ओर से चलने वाले आकर्षण के यह बाण उसे मर्माहत किये देते थे। इन प्रहारों में अपने आत्म-सम्मान को बनाये रखना उसके लिए असम्भव होता जा रहा था। इन प्रहारों से वह धूल में मिला जा रहा था। प्रतीक्षा और सहनशीलता की भी एक सीमा थी।

अनेक इलाज कर चुकने के बाद आखिर मेजर ने कर्नल को समझाया—"कौशिव, तुम्हें एक इंजेक्शन लेना पड़ेगा। तुम्हारा आमाशय औषध को पकड़ नहीं पाता।"

"जो उचित समझो," कर्नल ने उपेक्षा से कह दिया, "परन्तु क्या निस्सार जीवन को बहुत दिन तक रगड़ते रहना आवश्यक है? चौहान, तुम्हारी विद्या की चतुराई इसी में है कि दीपक को स्वाभाविक ढंग से बुझ जाने न देकर जीवन की बत्ती को ज्यों-त्यों उकसाते रहो, दीपक को बहुत दिन तक टिमटिमाते रखो। इंजेक्शन भी लगा लो। तुम्हारी साइंस का कोई अरमान शेष न रह जाय।"

मेजर ने अपने छोटे से सर्जरी-बैग से इंजेक्शन की सुई और दवाई निकाली। एक अद्‌भुत गम्भीरता उसके चेहरे पर छा गयी।

कौशिव ने मुस्कराकर कहा—"तुम्हें अपने इंजेक्शन पर इतना भरोसा है कि वह मरीज में जीवन का उत्साह भी पैदा कर देगा?"

मेजर ने आँखें नीचे किये मुस्कराने की चेष्टा की।

कर्नल ने समझा—मित्र के जीवन के प्रति करुणा और आशंका को छिपाकर मेजर 'डॉक्टर' बना रहना चाहता है। उसने कृतज्ञता से अपनी बाँह आगे बढ़ा दी।

मेजर ने इंजेक्शन नाड़ी के भीतर लगाने के लिए कर्नल की बाँह में, कोहनी के ऊपर रबड़ का बंधन लगाया। सधे हुए हाथों से भी सुई एक बार छिटक गयी।

कर्नल ने मुस्कराकर कहा—"क्या इंजेक्शन भी इतना ही निर्बल होगा चौहान?"

मेजर के नेत्रों में अग्नि-बिन्दु चमक गये। स्थिरता और दृढ़ता के लिए पल भर साँस रोक कर उसने इंजेक्शन लगा दिया।

कर्नल ने मुस्कराकर कहा—"धन्यवाद !"

मेजर उस मुस्कराहट का प्रत्युत्तर न दे सका। उसके चेहरे पर काठ की सी कठोरता आ गयी। उसने नेत्र झुकाये कहा—"कर्नल, कुछ ही सेकण्ड में तुम नहीं रहोगे। चाहो तो एक बार पश्चात्ताप कर लो। मुझे तुम्हीं ने मजबूर किया है···। यह मुझे उजाड़ देने का दण्ड है।"

कर्नल की आँखों के सामने सब कुछ अस्पष्ट होकर नाचने लगा, जैसे सब कुछ आँखों के सामने से दौड़ा जा रहा हो। ऐसी अवस्था में भी

उसने पलंग के समीप पड़ी छोटी मेज के दरवाज़े में से रिवाल्वर निकाल कर मेजर की ओर लक्ष किया।

मेजर रिवाल्वर की नली अपने सीने के सामने देखकर घबराहट में समीप पड़ी ऊँची कुर्सी की आड़ में हो गया।

कर्नल ने रिवाल्वर नीचा कर लड़खड़ाते शब्दों में कहा—"कायर, दगाबाज, मैं आलो को तुझसे अधिक विश्वास से प्यार करता था। ···उसे विधवा न करूँगा। तू उसके योग्य नहीं है। बाँध कर भी तू उसे रख न सकेगा।"

कर्नल का कंठ रुँध गया। वह पथरायी आँखों से बाहर जाते मेजर की ओर देखता रहा।

दो दिन बाद।

आलो ने झपकते हुए मेजर के कमरे में जाकर पूछा—"कर्नल कौशिव को क्या हुआ? ···क्या सचमुच?" इस एक वाक्य से ही उसका श्वास चढ़ गया।

"हाँ।"

आलो के बेसुध शरीर को उसके कमरे में पहुँचाया गया। अनेक बार मूर्च्छित होने के बाद आलो में मानसिक विकार के लक्षण दिखाई देने लगे। वह हँसने, रोने और बकने लगी।

आलो का वह बकवास बहुत भयंकर था। मेजर उस बकवास को शांत करने के लिए इंजेक्शन की दवाई लेकर सम्पूर्ण सतर्कता और दृढ़ता से तत्पर था।

आलो ने सुध सम्भाल पाने पर मर जाने का जो प्रयत्न किया उसे मेजर ने विफल कर दिया था।

मरणोन्मुख, इंजेक्शन के बल पर जीती हुई आलो सम्पूर्ण प्राणों से मरने की इच्छा करके भी मर नहीं सकती थी। मेजर उसे मरने नहीं दे सकता था। वह उसकी अपनी चीज़ थी, और आलो के अपने प्राण भी उसके अपने नहीं थे।

●